इंद्रप्रस्थ

(काव्य)

उपेन्द्र कुमार

अनुज्ञा

अनुज्ञा

प्रथम संस्करण : 2017

ISBN 978-81-933306-7-8

प्रकाशक
अनुज्ञा बुक्स
1/10206, लेन नं 1, वेस्ट गोरख पार्क
शाहदरा, दिल्ली–110 032
फोन : 011–22825424, 09350809192
www.anuugyabooks.com
email: anuugyabooks@gmail.com

मूल्य : 100.00 रुपये

मुद्रक
अर्पित एण्टरप्राइजेज, दिल्ली–32

INDIRAPRASTHA (Poetry) *by* Upendra Kumar

माँ को जिनसे सीखा दूसरों के दु:खों को समझना
और उनके प्रति संवेदनशील होना

प्रस्तावना

मैं क्या कहूँ

महाभारत मुझे बचपन से ही आकर्षित करता रहा है। सबसे पहले तो इससे परिचय बच्चों की, उस समय की मशहूर पत्रिका 'चन्दामामा' के द्वारा हुआ जिसमें सार-संक्षेप में महाभारत की पूरी कथा धारावाहिक रूप से छपी थी। इस बीच एक और उल्लेखनीय घटना हुई। मैं दसवीं कक्षा में था। भारतीय भवन प्रकाशन उस समय बिहार के सबसे प्रतिष्ठित पाठ्य-पुस्तकों के प्रकाशन संस्थानों में से एक था। उसने लेख की एक अखिल विद्यालय प्रतियोगिता आयोजित की। मैंने भी अपना लेख भेजा। विषय तो अब याद नहीं रहा परन्तु मेरे लेख को उस प्रतियोगिता में प्रथम स्थान मिला। इस घटना के अभी तक याद रहने का कारण वह विचित्र संयोग है कि पुरस्कार स्वरूप जो पुस्तक मुझे मिली वह श्री सी० राजगोपालाचारी द्वारा लिखित महाभारत का बहुत सुन्दर हिन्दी अनुवाद था। खासी मोटी पुस्तक।

इसे एक बार पढ़ने के बाद भी मेरा मन नहीं भरा और इसके इस-उस प्रसंग को मैं पढ़ता ही रहता। मेरे स्वर्गीय पिता जब मुझे 'महाभारत' में डूबा देखते उनके मुँह से अक्सर ये निकल ही जाता था, 'जब तुम गर्भ में थे तो तुम्हारी माँ ने पूरी महाभारत पढ़ डाली थी।'

महाभारत के प्रति मेरा रुझान कभी कम नहीं हुआ। प्रौढ़ अवस्था तक आते-आते अनेक विद्वानों द्वारा लिखित महाभारत या इससे सम्बन्धित काफी पुस्तकें पढ़ीं। मेरी सोच में यह कथा सदा विद्यमान रही। शायद यही कारण है कि मेरी अनेक कविताओं में महाभारत के विभिन्न चरित्र, भिन्न-भिन्न सन्दर्भों में आते रहे हैं। कभी अपने पारम्परिक मिथकीय रूपों में तो कभी नये अर्थ संवाहक प्रतीकों का रूप धर। परन्तु वर्तमान रचना 'इन्द्रप्रस्थ' इस सबसे अलग है।

पता नहीं वह कौन-सी प्रेरणा थी, कौन-सी अनुभूति थी या कौन-सी रचनात्मक-सृजन-शक्ति थी जो प्राणों से उपज अपनी पुलक से मुझे सहलाती, अभिभूत करती, वशीभूत करती, अपना अनुशासन मुझ पर

लागू कर देती। मैं इस प्रभाव से न अपने को मुक्त कर सकता था, न मुक्त करना चाहता था। किसी पराशक्ति से आविष्ट व्यक्ति-सा, मैं बैठ जाता था लिखने। आत्मविस्मृति के उन क्षणों में, मेरी सोच, मेरी इन्द्रियाँ, कुछ भी तो नहीं रह जाता था मेरे वश में, सिवाय उस भाव-समाधि के दौरान मस्तिष्क में आते विचारों को सामने पड़े कागज पर उतारने के। फिर धीरे-धीरे यह समाधि, यह अन्तर्लीनता दूर होने लगती जैसे कोई धुन्ध हट रही हो। मेरी कलम भी धीरे-धीरे रुक जाती। कुछ तय नहीं था कब यह भाव-समाधि लग जाये, कितनी देर लगी रहे, कब टूट जाये। कभी अल्प प्रतीत होती तो कभी अनन्त।

इन समाधियों के बीच के समय में भी यह रचना दिमाग में घूमती रहती। सम्बन्धित मिथकीय पात्र अपनी-अपनी कथाओं के साथ टहलते रहते। इन कथाओं को, मेरी सामान्य बुद्धि जाँचती-परखती रहती, कथाओं के विभिन्न पहलुओं को समझने का, उनमें छिपे सन्देशों-प्रतीकों को जानने के प्रयास में लगी रहती। कभी बुद्धि, जो जैसे दिखायी पड़ते उन्हें उसी स्वरूप में स्वीकार करती, कभी नहीं तो कभी इन कथाओं के बीच छिपे रिक्त स्थानों के बीच से झाँकती-छिपती कुछ विचित्र और नयी कहानियों को खोज-खींचकर बाहर लाती।

मुझे पता नहीं होता कि यह सारा चिन्तन कागज पर उतरेगा या नहीं। बात बनेगी या नहीं। या फिर कौन-सी बात कैसा रूप धर प्रगट होगी। फिर भी उस समाधि की-सी अवस्था के दौरान, यह चिन्तन, ये विचार मस्तिष्क में उपस्थित तो रहते ही और उचित अवसर पर, उचित रूप में, कागज पर, उतरते भी रहते।

इस 'इन्द्रप्रस्थ' नामक रचना में एक शाश्वत पुरुष है जो कभी युधिष्ठिर बन बोलता है तो कभी अर्जुन। कभी उसके मुख से कृष्ण की आवाज में आज की राजनीति प्रगट होती है तो कभी आज के वंचित-शोषित समाज के दुःख-दर्द की गाथा कर्ण की व्यथा बन व्यक्त हो रही होती है।

एक शाश्वत स्त्री भी है जिसकी आवाज में कभी कुन्ती के दुःखों का तो कभी द्रौपदी के विमर्श का आभास मिलता है तो कभी आज की निर्भया या बलात्कार के कारण माँ बनी किसी कुमारी का।

कथा भी कोई नहीं है। उसे सूत्र भिन्न-भिन्न स्थानों से उठाये जाते और

विभिन्न स्थानों पर प्रगट होते रहते हैं। व्याकरण भी अस्त-व्यस्त। अन्य पुरुष में बखानी जाती कथा अचानक प्रथम पुरुष में अभिव्यक्त होने लगती है। यानी भयंकर अव्यवस्था। सुधी और सुहृदय पाठक ही कोई व्यवस्था खोज पायें तो खोज पायें। जितना और जैसा मैं रच सकता था, अपनी सीमित सामर्थ्य के अनुरूप, वह अपने सर्वोत्तम रूप में आपके सामने प्रस्तुत है।

'इन्द्रप्रस्थ' की रचना के दौरान मित्रों, सहयोगियों और शुभचिन्तकों का साथ, त्वरित सहयोग और हौसला-अफज़ाई सदा प्राप्त होती रही और उसके लिये मैं उन सबका कृतज्ञ हूँ। विशेष रूप से डॉ० शंकर लाल पुरोहित का उनके अति महत्त्वपूर्ण मार्ग निर्देशों के लिये एवं आदरणीया राजकुमारी इन्दिरा देवी धनराजगीरि का उनके प्रेरणादायक सहयोग के लिये, जो इस पुस्तक के निर्माण के बीहड़ रास्तों में पाथेय बन साथ रहा।

कम्प्यूटर विशेषज्ञ श्री मनोज कुमार के लिये भी धन्यवाद ज्ञापित करना चाहूँगा जिन्होंने उत्साह और लगन के साथ इस पुस्तक को तैयार करने, विभिन्न सन्दर्भों को खोजने तथा आवश्यक अध्ययन सामग्री एकत्र करने में बहुत परिश्रम किया और मेरे साथ आरम्भ से अन्त तक लगे रहे। इस पुस्तक की साज-सज्जा और भव्य प्रस्तुतीकरण का सारा श्रेय प्रकाशक अनुज्ञा बुक्स के श्री सुधीर वत्स को जाता है।

जैसी भी बन पायी है, अब पुस्तक आपके हाथों में है। अन्तिम निर्णय पाठकों का ही होता है। अत: मेरा अनुरोध है कि अपने हृदय को कुछ तरल भावों से, कुछ साहित्य रस से भरने दें फिर निश्चिन्त मन से इसे आद्योपान्त पढ़ें। एक कवि को सबसे ज्यादा आवश्यकता होती है सुधी और सुहृदय पाठकों की।

—उपेन्द्र कुमार

एफ-73, ईस्ट ऑफ कैलाश
नयी दिल्ली—110065
मोबाइल-9818934640

अनुक्रम

शायद यही इन्द्रप्रस्थ है

शायद यही इन्द्रप्रस्थ है
बादलों के आलिंगन में छुपा
बिजलियों की कौंध से चमक-चमक जाता
विस्मृत कथाओं और इतिहास के धुन्धलके में कुछ छुपा, कुछ दीखता

शायद यही इन्द्रप्रस्थ है

समय के साथ दौड़ में स्पर्धा करता
कभी उससे थोड़ा पीछे तो कभी उससे थोड़ा आगे
काल को बाँटने वाली
द्वापर कलयुग की सन्धि की भूल-भूलैया में चक्कर काटता
कभी इस तो कभी उस युग से बतियाता

शायद यही इन्द्रप्रस्थ है

समुद्र की झाग ओढ़ता हुआ
किरणों के रथ में लगाता छलाँग हवा के घोड़े बाँध
एक युग से दूसरे युग तक

मन काँपने लगता मानव मन ललचाता
परियों के जीवन में समा जाता
और इन्द्रप्रस्थ पीढ़ी-दर-पीढ़ी प्रकृति और पुरुष का सुन्दर मिलन
मन में है जीवन में है
रुधिर के उफान से लेकर देह की सिहरन में है

अगर इतनी मिठास है इन्द्रप्रस्थ में
तो फिर स्वर्ग क्या है
इन्द्र का दरबार नाचती अप्सराएँ

प्रेम तो धरती का उपहार है
परन्तु मनुष्य है उस देवलोक से चमत्कृत
जो बादलों में ऐसे छुपा है
जहाँ प्रेमियों की आँखें पहुँच नहीं पातीं

दिल में छिपे सत्य जैसा वह न तो छूटता न आता है पकड़ में
उसके इन्तज़ार में मुड़-मुड़कर देखते हैं
उसकी पदचाप की उम्मीद में मुड़-मुड़कर सुनते हैं

सरपट दौड़ता
धूल और धुन्ध भरी आँधियों में डूबता तैरता
वेग में अपने जाने कितना अमूल्य कितना कूड़ा ढोता हाँफता भागता

शायद यही इन्द्रप्रस्थ है

धरती के उरोजों पर सोता आलिंगनबद्ध
अँगड़ाई से उसको जगाता उलझन सुलझाता मन को नापता
माँगता जीवन के उत्तर
सामने जो बैठा है उससे

उसे भी तो मालूम नहीं
दोनों केवल एक ही सत्य के राही हैं
जो है कल्पना से परे यथार्थ से दूर
तक़रीबन इन्द्रप्रस्थ-सा ही दीखता

शायद यही इन्द्रप्रस्थ है

प्रार्थना के सुर में प्रशंसा के गीत गाता
ख़ुद के दरबार में खुद को ही बार-बार हाजरी बजाता

आइये इन्द्र आइये
उर्वशी को लाइये
जीवन के क्षणों को चमकाइये
स्वर्ण बनाइये

क्या इन्द्र के आने से हम ये सब हो जायेंगे?

हाँ हो जायेंगे,
हमारे तन में कल्पवृक्ष भी तो है

इसके घने जंगलों में कल्पवृक्ष भी तो है

अच्छा कल्पवृक्ष?

हाँ-हाँ, देखिये
कुछ दूर चलकर देखिये
कोई रात सोकर देखिये
बाँहें फैलाकर देखिये
आँखों में आँखें डालकर देखिये
खिलने दीजिये इच्छाओं के फूल
प्रेम-प्रसंगों को जीने दीजिये

तब,
तभी तो वह इन्द्रप्रस्थ है
न रास्ते से दूर न उसकी पहुँच में
किन रथों में पहुँचे प्रेम नदियों पर चलते हुए

वक़्त की ललकार को अनसुना करते

मन में जगह कहाँ किसी महाभारत की
वो तो मिलन है पूर्व निर्धारित
कम्पन में समाहित
वो लय है
वो ज्योति है
इन्द्रप्रस्थ के रास्ते अनोखे
कल्पवृक्ष की देन अनोखी
कोई आये मेरे पीछे
जब कल्पवृक्ष के आलिंगन में, मैं कल्पवृक्ष हो जाता हूँ
किसी का लोभी मन कहीं मुझे न चुरा ले

मुझसे माँग ले मेरा यौवन जीवन
तेरे सिवा मैं कुछ भी दे सकता हूँ

प्रेम किस तरह दूँ
मैंने तो प्रेम किया है
वो कुछ भी माँग सकती है
उसी का तो है सब कुछ
मेरे ही भीतर तो है वो
कल्पवृक्ष को हटा भी सकती है
अगर जगह न हो जीवन में

कल रात जो आलिंगन लिप्त हो सोया
करवट बदली तो खुल गयी नींद
परन्तु देखा कई युग बदल चुके थे
कितने सौर-मंडल ढल चुके थे

अरे, प्रेयसी का क्या हुआ
हम सौ बार जन्म लेते हैं और सौ बार इसी को जीते हैं
क्या यह एक स्थिति है
या सत्य
अब कुरुक्षेत्र से ही होगा हल

क्या उसके जीवन में
पुरुष की कहानी है
अन्याय की कहानी है

पाँच पतियों के सुपूर्द किया उसे युग ने
केवल इतना ही नहीं
उसने तो प्रेम किया केवल अर्जुन से
और लुट गयी उसी के हाथ
अन्य विवाहों से कुचल डाला द्रौपदी का मन
पुरुषों ने उसे लज्जित किया भरे समाज में

पुरुष प्रधान समाज
युगों-युगों से अपरिवर्तित चला आ रहा है आज तक
कुन्ती, द्रौपदी, अर्जुन, कर्ण रोते ही रहे

सामने छिड़ा रहा कुरुक्षेत्र
अर्जुन, कर्ण ने शस्त्र उठाये
सारथी कृष्ण ने कर दिया उन्हें एक-दूसरे के सामने

एकमात्र गवाह है संजय
गीता से लेकर सम्पूर्ण कुरुक्षेत्र का
सहमत कौन है इससे?
क्या पक्षधर होता है कोई इतने बड़े अन्याय का

हमारी सदियों ने देखा नहीं कुरुक्षेत्र
पर उसके घाव बाकी हैं
और सहमत कोई नहीं

बीच की सदियों ने तो कुचल डाला इतिहास को
प्रेम के प्रत्येक रूप को छोड़ दिया तने-तन्हा गूँजती चीख़ों में

आइये इन्द्र आइये
प्रेम का उपहार पाइये
देखिये धरती का प्रेम
आँखों में आँखें डालिये
आपके स्वर्ग से इन्द्रप्रस्थ ही अच्छा है

यहाँ तो सब कुछ है
हरियाली है नशा है
हाँ, आपको शायद उर्वशी को यहाँ लाना है
संयोग और मिलन की वास्तविकता इन्द्रप्रस्थ ही दे सकता है

इन्द्र, ये जानकर ही तो आये आप
वरना आनन्द स्वर्ग का छोड़ आते क्यों छिपकर धरती पर
हमसे सीखने जो आपने खोया है

जानिए, इन्द्र
प्यार पृथ्वी का उपहार है
आपके आकाश में धूप की ऊर्जा कहाँ
आलिंगन है पर त्याग कहाँ
आदत है आपको कई नर्तकियों की
हम पृथ्वी पर चाहते हैं एक को
भूलकर अनेक को

पुरूरवा ने उर्वशी से प्रेम किया
उसको क्या नहीं दिया
आलिंगन में गढ़ता रहा विश्वास
कि वो नहीं जा पायेगी रहेगी सदा मेरी

पर कहाँ इन्द्र
आप ही ने तो दिया श्राप
और एक ही झटके में प्रेम को त्याग
चली गयी उर्वशी आपके पास
इन्द्रलोक भले घर है उसका
तन-बदन तो मेरा था

उर्वशी को धरती पर लायेंगे अपने साथ
वो फिर मुझे चाहे या न चाहे
किसी और को चाहेगी तो मुश्किल होगी

साहस हो तो लाना
वरना वह मुझे ढूँढ़ती आयेगी
मेरे पौरुष ने उसे पूर्ण स्त्री बनाया
आलिंगन ही आलिंगन चुम्बन ही चुम्बन
हम दोनों का लौकिक सौन्दर्य तुम क्या जानो
तुम तो कभी एक के नहीं रहे

इन्द्र के दरबार में तो हैं कई अप्सराएँ
आपके इर्द-गिर्द नाचती, गाती, रिझाती

मेरे पास तो एक ही उर्वशी थी
अब भी है
प्रेम कभी समाप्त नहीं होता
वो पुनः-पुनः होता है अवतरित मेरे साथ प्रत्येक पुनर्जन्म में
कहाँ है किसी के पास कोई उत्तर
समाधान तो नहीं कर सकता कोई
जिस पर गुज़रती है वो प्रेमी मनुष्य ही हो सकता है
इन्द्र नहीं

उर्वशी को लेकर इन्द्र पृथ्वी पर आते हैं
पौधे, पेड़, समुद्र करते उनका स्वागत
खेत-खलिहान करते उनका स्वागत
परन्तु फिर से उर्वशी की आँखें
पुरूरवा को तलाशती हैं
इधर-उधर देखती हैं
आखिर उसका प्रेमी इस धरती का ही तो उपहार था
उसके मन का साथी था
सम्भव होता तो वह उसे ही बार-बार माला पहनाती
मन-ही-मन कहती है वो मनमीत कहाँ है।

वक़्त कितना भोला है
समझ नहीं पाता कि हम
कल्पवृक्ष तक पहुँचें कैसे?
इन्द्रप्रस्थ के रास्ते अनोखे

शायद यही इन्द्रप्रस्थ है

लोक से उपजे
असंख्य रोचक प्रसंग
रहा जिन्हें इनकार लिपिबद्धता से
परन्तु मनचाहे ढंग से फलाँग इतिहास
जातीय पहचान के प्रतीक बने

अनेकानेक मिथकों की थाती अपने ख़ज़ाने में सँजोये
यदि यह हस्तिनापुर नहीं है तो फिर क्यों न हो यह इन्द्रप्रस्थ

शायद यही इन्द्रप्रस्थ है

मगर हमें वहीं जाना है
जहाँ से कोई पुकारता
जहाँ से कोई बुलाता है
न जाने क्यूँ?

याज्ञसेनी

अरे, अरे देखिये जल रही है यज्ञ की अग्नि
यज्ञ
आर्यावर्त की एक विलक्षण परम्परा
मेरुदंड मिथकीय कथाओं का
जो सार्थक था सतयुग से द्वापर तक
परन्तु निरर्थक कलयुग में
कथाओं से बाहर
सिवाय कभी-कभी थोड़ी झूठी सान्त्वना प्रदान करने के
धर्मभीरु जनता को।

यज्ञ करवा रहे हैं पांचाल नरेश द्रुपद
गुरु हैं उपयाज एवं याज ऋषि
कठिन है जानना
इस द्रोणान्तक यज्ञ में यज्ञकुंड से
उठती हुई लपटें होमाग्नि हैं
अथवा द्रुपद के हृदय में उठती
अपमान के प्रतिशोध की ज्वाला

तेज़ और तेज होती लपटें
तेज़ और तेज़ होता मन्त्रोच्चार
प्रगट हो रहा एक तेजोवन्त पुत्र धृष्टद्युम्न
जन्म से ही तेजस्वी गुणों से परिपूर्ण

लो फिर उठी यज्ञवेदी से ऊपर
एक नारी मूर्ति याज्ञसेनी
नील पद्मकान्त मणि-सी अतीव सुन्दरी
दीर्घ देह, उन्नत पुष्ट उरोज, पतली कमर

कदली स्तम्भ-सी चिकनी सुगठित जंघायें
बुद्धि से चमकती बड़ी-बड़ी हिरनी सी मोहक चंचल काली आँखें
जैसे विश्वकर्मा के हाथों बनी प्रतिमा
अतीव सुन्दर मुखमंडल विलक्षण अंग सौन्दर्य
उमड़ती घनी बदली-सी केशराशि
जिनमें हवा भी क़ैद हो जाती है पल-दो पल
देह में कमल पुष्प की भीनी-भीनी गन्ध
ऐसी कि, भौरें भी खा जायें धोखा

इस रूप राशि के समक्ष
यज्ञाग्नि की शिखा हो गयी निष्कम्प
काल भी एक क्षण के लिये स्थिर
धीर गम्भीर स्वरों में गूँजती घोषणा
द्रुपद की मनोकामना की पूर्ण पूर्ति का आश्वासन देती आकाशवाणी।

स्वयंवर

काल के विरुद्ध
दौड़ रहा कल्पना के पंख लगा
उड़ता जा रहा वेगवान अश्व

गति का विभ्रम
आगे या पीछे भविष्य अथवा अतीत
या बीता समय एक बार फिर लौट रहा।

आह, गति विभ्रम के साथ आ जुटा दिशा भ्रम भी
यहाँ कहाँ इन्द्रप्रस्थ
यह तो पांचाल देश है द्रुपद की राजधानी
सजी है अपूर्व स्वयंवर सभा
एकत्रित सारे नामी वीर योद्धा
महाबली, महाप्रतापी राजा
रूप में, गुण में, कुल में एक से बढ़कर एक

किसी के लिये कृष्णा
किसी के लिये याज्ञसेनी
किसी के लिये पांचाली
तो किसी के लिये द्रौपदी

द्रुपद राजकुमारी खड़ी है हाथ में लिये वरमाला
बगल में खड़े भाई धृष्टद्युम्न
क्या वह मुझे पहचान पायेगी
क्या कोई और भी मुझ जैसा होगा

नहीं नहीं हाथी नहीं
घोड़ा लेकर जाऊँगा

राजकुमारी को संग लिये
द्वापर से कलयुग में लगाऊँगा छलाँग
जहाँ द्रौपदी वहीं इन्द्रप्रस्थ
इन्द्रप्रस्थ का आरम्भ द्रौपदी
इन्द्रप्रस्थ का अन्त द्रौपदी

समय को सेज बना प्रेयसी के संग
कल्पवृक्ष के झुरमुट में
सो जाऊँगा आलिंगन बद्ध हो

आनन्द ही आनन्द
सोना बन जाऊँगा

कल्पवृक्ष से जो माँगे, मिलता है
मैं मनुष्य हूँ
क्या चाहूँ सिवा प्रेम के?
क्या माँगू?
समय से डर भी लगता है।

आवश्यक है इन्द्रप्रस्थ

संयोग
आनन्द
समय
इन तीनों के मिलने से बनते हैं वर्ष
वर्षों से युग बनते हैं
किसी में हम चल पाते
किसी में हम नहीं होते
हम माँगना चाहेंगे कल्पवृक्ष से
अनन्त काल तक जीवन

अमरत्व और अनन्त जीवन के अन्तर को
जानता है केवल इन्द्रप्रस्थ
आवश्यक है इन्द्रप्रस्थ
आवश्यक है उसे पा लेना
कल्पवृक्ष से पहले

और क्या-क्या जानता है इन्द्रप्रस्थ
वह तो पता चलेगा उसके मिलने पर
रहस्यों को जानने की प्रबल इच्छा के प्रकाश में
जो कुछ झिलमिलाता है वही है इन्द्रप्रस्थ

उसे ही तो खोजना है जो मिलकर नहीं मिलता
और नहीं मिलने पर भी सदा रहता हमारे साथ

एक साये की तरह कदम-ब-कदम
क्या खोजता है?

जन्म और मृत्यु के रहस्य?
लोक और परलोक की बातें?

जन्म से पहले कहाँ थे
मृत्यु के बाद कहाँ होंगे
जीवन का अर्थ क्या है?

पूर्ण अज्ञान से पूर्ण ज्ञान तक
एक सेतु बनाता है इन्द्रप्रस्थ

मिलने पर भी क्यों देगा इन्द्रप्रस्थ
जो सब कुछ है उसके पास
कौन करता है अपनी तिजोरी पूरी तरह ख़ाली
मात्र सतह पर तैरने से तो समुद्र नहीं दे देता मोती
विभक्त हो नहीं दे देता मार्ग

अपने पौरुष को खींच ले जाना पड़ता है
उस असम्भव ऊँचाई तक
जहाँ पहुँचते ही थर्रा उठती है पृथ्वी
हाहाकार कर उठती है प्रकृति
तोड़ देते हैं सारी सीमाएँ सारे बन्धन जल, वायु और अग्नि

किसे मालूम क्या देगा
और क्यों देगा इन्द्रप्रस्थ अपना कुछ भी
क्या होंगी उसकी शर्तें?
देखा जायेगा पहले मिले तो

होगा तो कहीं-न-कहीं
परन्तु कहाँ
भूत में या यहीं कहीं वर्तमान में
या दूर भविष्य में

जिसे जैसा भी पाते हैं
उसे चमकाते हैं सुधारते हैं
नयी ऊँचाइयों तक ले जाते हैं
अपने वर्तमान को करते हैं तैयार बेहतर भविष्य के लिये

क्या इन्द्रप्रस्थ भी हो गया होगा बेहतर?
देखते हैं

पांडव तो थे निश्चय ही थोड़ा बेहतर कौरवों से
ऐसा बताते हैं महर्षि वेदव्यास
माननी ही पड़ेगी उनकी बात
बावजूद इसके कि
विजयी पक्ष के शासनकाल में ही
शायद रचित हुआ होगा महाभारत
वरना कौन पिता रखेगा अपने नौनिहालों का नाम
दुर्योधन और दुशासन
फिर क्या महाभारतकार ने बदल दिये नाम
सुयोधन और सुशासन के
इतना पूर्वाग्रह!

धृष्टराष्ट्र
जिसे नहीं दीखता था वह सब कुछ
जो दीखता है नेत्रधारियों को
परन्तु शायद सुन लेता था वह समय की पगचाप

उसी ने दिया पांडवों को यह अन्धा न्याय
किया बँटवारा दो भागों में राज्य का
इन्द्रप्रस्थ पांडवों को
हस्तिनापुर कौरवों को

इन्द्रप्रस्थ का राज देते समय दिये मात्र दो सूत्र
पहला एक स्थान का नाम खांडवप्रस्थ
दूसरा तीन पूर्वजों के नाम
पुरूरवा, नहुष और ययाति

उन्हीं संकेत सूत्रों के सहारे पहुँचे पांडव इन्द्रप्रस्थ
बनाया उसे राजधानी फैलाया राज-पाट

हमारे पास भी तो
इन्द्रप्रस्थ तक पहुँचने के लिये उपलब्ध हैं यही कुछ
एक स्थान और तीन पूर्वजों के नाम

खांडव वन तो जला डाला था पांडवों ने
बाकी बचे तीन सन्दर्भ
पुरूरवा, नहुष और ययाति

उड़ो मेरे घोड़े कल्पना के पंख पसार
कलयुग से द्वापर
द्वापर से त्रेता
त्रेता से सतयुग तक

दौड़ निकलो विपरीत गति से
कराल के कपाल को कँपाते
छान डालो सब कुछ
विध्वंस की सीमा तक पहुँचो

कैसा विचित्र संयोग
पुरूरवा, नहुष, ययाति
जैसे महाप्रतापी परन्तु कामान्ध
नृपों की कहानी
बार-बार दुहराता रहा इन्द्रप्रस्थ

जहाँ किया गया स्त्री मर्यादा का बार-बार अपहरण
उसकी इच्छाओं
उसके अधिकारों
उसकी स्वायत्तता का
किया गया बार-बार दमन
कामना-वासना की परितृप्ति के खेल में
जितना किया सुधा-पान उतनी बढ़ी प्यास
अतृप्ति-ही-अतृप्ति
और...और...और...
यह अतृप्ति का दौर।

महाराज पुरूरवा ने पुत्र–प्राप्ति हेतु
महारानी औशीनरी को
महल में रहकर यज्ञ करने के लिये छोड़ दिया
और स्वयं निकल गये जगंलों में

वर्षों–वर्षों तक रहे कामसुख भोगते
अप्सरा उर्वशी के संग
भूलकर पत्नी के प्रति प्रेम और कर्तव्य को

औशीनरी का नारी मन तड़पता रहा पति के संग को
उसके प्यार को

दग्ध पति के छलपूर्ण व्यवहार से
सौतन की उपस्थिति के दाह को झेलती
सोचती ही रही औशीनरी
यज्ञ करे वह
और पति यत्न करे पुत्र प्राप्ति का अप्सरा उर्वशी के संग

नहुष तो कामान्धता में रहे पुरूरवा से भी आगे
पति की अनुपस्थिति में
पतिव्रता शची को दिये कष्ट इतने
कि स्वर्ग छोड़ जाना पड़ा उसे
ब्रह्मा की शरण में

ययाति इन दोनों से भी निकले आगे
अतृप्त कामवासना के मारे
बदल ली अपनी वृद्धावस्था पुत्र के यौवन से
शारीरिक सुख भोगते रहे सैकड़ों वर्ष
फिर भी न मिटी प्यास

विधि का यह कैसा विधान है
कैसा यह संयोग
अथवा षड्यन्त्र समय का
स्त्री पीड़क, क्रूर, पाखंडी

पितृसत्तात्मक मानसिकता से ग्रस्त
कामान्ध नृपों की वही कहानी
इन्द्रप्रस्थ में दुहरायी गयी बार-बार

झेला रानियों, महारानियों, देवियों ने
हर बार वही सन्ताप दुख और अवमानना
छली, स्वार्थी, प्रपंची पुरुषों के हाथ

जितना कुरूप उतना ही सत्य
इन्द्रप्रस्थ के इतिहास में
जाने कैसे
कामवासनाओं की आसक्ति ही रही
प्रेरक शक्ति सारी महत्त्वपूर्ण घटनाओं की

चुम्बन ही चुम्बन

अजब देश
अजब नगरी
अजग भेस

देह अलग
मन भी अलग

नयनों से बतियाते रंगीन पक्षी
ये किस देश से आये हैं?

कैसे घुस आये इन्द्रप्रस्थ में?
पंख अगर होते तो हम भी उड़ते
लेकिन गहरी नींद में हम पंख लगा ही लेते
बतायें कैसे?

अपने विशाल सपनों में
हम इन्द्रलोक में भी भ्रमण कर आते
संग-संग हवा भी घूम आती

ये कैसी सरगोशियाँ?
किसकी आवाज?
कहाँ से आ रही ये आवाज जाने-अनजाने
बहती समूची देह में लरज़िश बनकर

कौन छू रहा है मुझे?

बोल रहा है कोई
कानों में अजनबी भाषा

तकियों के बीच पड़े-पड़े
लब से लब जुड़े-जुड़े
देह से देह
मन से मन
चुम्बन ही चुम्बन
चुम्बन ही चुम्बन...

ये सुख है इन्द्रप्रस्थ का
जहाँ पाँच भाइयों ने
एक ही स्त्री से जोड़ा था रिश्ता

यह कैसा रिश्ता....?
यह कैसा समाज?
क्या आज के समाज से
अलग है यह समाज?

परन्तु ये तो पूज्य वर्ग हैं
हमारे परे
किन्तु मन से दूर नहीं

द्रौपदी
एक मर्यादापूर्ण स्त्री का जुनून
जिसे करना पड़ा साझा
पाँचों के बीच समान रूप से
अपनी भावनाएँ, अपना अनुराग

कैसे हुआ होगा सम्भव
उन पाँचों के बीच
अपने को साझा करना समान रूप से
बाँटना बराबर-बराबर अपने
मनोभाव, भावातिरेक, कामोन्माद
पाँचों पुरुष देहों को

अपने उरोजों के बीच समेटना
समान उमंग और प्रेम देना

यह सब सम्भव तो है
परन्तु एक ही के साथ
एक ही से होता है वह
अन्तरंग दीर्घ प्रेम सम्बन्ध
हो सकता है वह एक केवल अर्जुन ही

देर से आता है, दूर से आता
परन्तु आता है तो केवल उसी का स्वप्न

वो लिपट जाती कहती है
आज की रात न जा
आज की रात युगों-युगों में आयी है

दौड़कर आओ मेरे आलिंगन में
रात-भर की जागी हूँ
सपनों से तुम्हें माँगा और चाहा है
अब देर न करो अर्जुन
आओ तुरन्त
बताओ मैं कामासक्त जीऊँ कैसे

देर क्यों कर रहे हो

क्या मेरी याद नहीं सताती
बेचैन नहीं करती
इसका उत्तर दो
स्वयं आकर बताओ

मेरे अश्रुओं को अपने होंठों से चूम
यह जलन मिटाओ
आज की रात न जा
और कुछ देर ठहर

आये जीवन में बहार बनके
जीवन में उपहार बनके

ऐसा प्रेम तो था सम्भावनाओं के परे
क्योंकि विवाह तो हुआ था पाँच पुरुषों से

अरे, यह क्या हुआ
पाँचों के चेहरे तो अर्जुन के हैं
जिधर देखो उधर अर्जुन
सर्वत्र अर्जुन-ही-अर्जुन

स्वप्न विभोर द्रौपदी
आनन्द विभोर द्रौपदी
प्रेम विह्वल, उन्मद मदन-मनोरथ
सुख-विभोर द्रौपदी

रात-रानी के फूलों
रजनीगन्धा से सुगन्धित
शीतल मलय पवन
चमेली के निकुंजवन को आलिंगित कर रहा

भँवरों का गुन्जन
कोयल की कूक मन को आनन्दित कर रही
बसन्त ऋतु अपनी पूर्णता प्राप्त कर इठला रही
तमाल वृक्ष की कस्तूरी जैसी सुगन्ध फैल रही
चाँदनी की चमक वन के अन्धेरे के साथ मिलकर
एक नये रंग से पूरे जंगल को घेर रही।

कामदेव के बाणों जैसे
किसी शुष्क हृदय को भी भेद
शृंगार के पावन रस से भर देने में समर्थ
औचक खिले रंग-बिरंगे जंगली फूलों के गुच्छे
झूम-झूम लहरा रहे हैं

द्रौपदी इठलाती हुई
प्रिय मिलन की प्रसन्नता आँखों में लिये
ढूँढ़ रही अर्जुन को

वे आयें
मुझे चूम लें और मैं उनसे लिपट जाऊँ

अर्जुन का सर्वस्व एक ही नारी में समाहित है
द्रौपदी-ही-द्रौपदी
जहाँ देखो वहीं द्रौपदी
अर्जुन बेचैन खोज रहे हैं
उसी वन में तड़पते हुए पुकार रहे
कहाँ हो मेरी प्रिय
मेरी द्रौपदी

सुनती है द्रौपदी यह पुकार
और रुक जाती
दूर से देखती विह्वल प्रेमी की व्यग्रता
और गुनगुनाने लगती
धीरे-धीरे स्वर ऊँचा करती

अर्जुन तक पहुँचती हैं
स्वर लहरियाँ

तेरे बिन कैसे जीऊँ
सजना-सजना...
ढूँढ़ू तुझे नगर-नगर, डगर-डगर
बिन तेरे नहीं जी पाऊँ
सजना-सजना...

इसी स्वर लहरी से बँधे
मन्त्रमुग्ध अर्जुन किसी मृग-सा
कुलाँचे भरते पहुँचते हैं

बाँहें फैलाकर प्रेमी युगल
बँध जाते एक हो जाते
अधरों पर अधर साँसों में घुलती साँसें
एक दूजे की गन्ध की भीनी लहर में तृप्त करते अभ्यन्तर

एक दूसरे को प्यार की अमृतधारा से नहलाते
अंगों में कौंधती विद्युत तरंगों से
उद्वेलित कामनाएँ प्राणों को हिलकोरती
प्राणों में सिहरन पुलकन जगाते
प्रणय के रंगीन इन्द्रधनु पलकों में सजाते
मदिर उल्लास में जैसे निचोड़ते से एक दूजे को
जाने कितनी देर एक प्राण दो देह बने खड़े बुत बनकर

प्रेरित अन्तस के किस इंगित से
फिर साथ वे बढ़ चले
पास ही बने लता-तरुओं से बने कुंज भवन में
लगा था जहाँ स्वागत में उनके
कोमल दूब और फूलों का बिस्तर
उस शीतल हरित एकान्त मंडप में प्रकृति के

द्रौपदी ने आँखें खोलीं
चन्द्रमा के प्रकाश में चमकते
द्रौपदी के चन्द्रमुख को देख
लालसा से दीप्त हो उठे अर्जुन के नयन
उन नयनों में व्याप्त लालसा और कामना को देख
लज्जा से युक्त द्रौपदी की आँखें झुक गयीं
दोनों के हृदय में कामना की आँधी
समान रूप से बहने लगी
दोनों के रुधिर में वासना-वह्नि
धधक-धधक जल उठी
शरीर का ताप बढ़ता ही रहा
आह,ये कैसे हो रहा

हाँ सब कुछ ठीक वैसे ही घटता जा रहा
जैसे-जैसे द्रौपदी की इच्छा हो रही
अर्जुन ठीक वैसे ही व्यवहार कर रहे
द्रौपदी के इंगित से नियन्त्रित
उनके पौरुष उत्तेजित हृदय की आकांक्षा
आह, यह कोई स्वप्न है क्या

द्रौपदी की बाँहें आगे बढ़ीं
और मिल गयी अर्जुन की बाँहों से
दोनों प्रगाढ़ आलिंगन में निबद्ध
अर्जुन अधलेटे
द्रौपदी उनके ऊपर झुकी
दोनों दोनों को विवस्त्र करते
कितना मादक रतिक्रीड़ा का आरम्भ
द्रौपदी की बाँहों से आलिंगित
उसके स्तनों के भार से दबे
ठौर-कुठौर द्रौपदी के नखों और दाँतों द्वारा
नोंचे और काटे जाते

अधरामृत पान का छूटना कष्टदायक था
परन्तु सुरत रूपी समुद्र में
अवगाहन हेतु आवश्यक भी

उत्तेजना की सुगन्धी से भरी
उतप्त साँसों की सुगन्ध से उत्साहित
अर्जुन ने लेटकर अपने ऊपर द्रौपदी को घसीट लिया
द्रौपदी उत्साहित हो उठी
लज्जा में डूबी हुई अर्जुन की छाती पर लेट
उसने भी साहस पूर्वक विपरीत रति प्रारम्भ की
जाँघें स्थिर, हाथ आलिंगन में बाँधे
ढलकर आगे आयी केश राशि में
द्रौपदी का चन्द्रमुख छिपा हुआ-सा

सब कुछ रुका हुआ-सा
सारी धरती सारा आकाश
सागर, वायु, चन्द्रमा सब कुछ स्थिर
सारी प्रकृति, सारा ब्रह्मांड स्तब्ध

गति थी कहीं
तो केवल दोनों प्रेमियों के हृदय में
जहाँ परमानन्द प्राप्ति का सुख हिलोरें ले रहा

बेसुध द्रौपदी थकान से चूर
आँखें बन्द किये जाने कितनी देर लेटी रही

ब्रह्मानन्द लीन अर्जुन सोच रहे
आह, स्त्रियाँ कितनी कुशलता से
सम्भालती निबटाती हाथ आया काम
जिम्मेदारियाँ अपनी घर और बाहर की
विद्वता में, वीरता में
कैसे-कैसे शीर्ष मानक स्थापित किये,

कलाएँ इनके हाथों में पड़ कैसे निखर उठतीं
पाक कला से लेकर काम कला तक
प्राप्त करती कैसी असाध्य ऊँचाइयाँ
बराबर नहीं, निश्चय ही स्त्रियाँ बेहतर हैं पुरुषों से

तभी कानों में दासी की आवाज गूँजी
पहले धीरे-धीरे, फिर तेज-तेज
लगा पैरों को पकड़ कोई हिला रहा

द्रौपदी की पलकें खुलीं सामने दासी का थोड़ा घबराया-सा मुख दिखा
जागिये, जागिये, देवी
दिन में सोने से विचित्र स्वप्न आते हैं
उठिये मैं जल लाती हूँ
आपका तो मुख विवर्ण हो रहा
शरीर पसीने से भीग चुका,
मेरे पंखा झलने से भी कुछ राहत नहीं
देवी आप स्वस्थ तो हैं न?

द्रौपदी क्या बोलती
स्वप्न याद कर वह
स्वयं ही स्वयं से शर्माती रही

जब तक जीवन है

जब तक जीवन है
लोभ, लाभ, मत्सर ने किसको छोड़ा
माया से कौन बचा है
मोह ने किसका अभिमान नहीं तोड़ा

ऐसी कहाँ कौन जवानी होगी
रूप, रस, माधुर्य की जो नहीं दीवानी होगी

आलौकिक सुन्दरता का पाश अमोघ अस्त्र
बेधता जिसे कर विवश उसे खींच लाता

विद्या-विवेक, ज्ञान-ध्यान सब धरे के धरे रह जाते
असत्य को सत्य अनैतिक को नैतिक बतलाते
सारे कुतर्क सिर चढ़ जाते
लोभी मन तरह-तरह के उदाहरण
परम्परा का आश्वासन खोज-खोज लाता

काम-वासना से लिप्त मन
भोग की लालसा को दबा कब पाता?
भीतर दबा वह पशु मन
जिसे नियम-संयम से तप और तपस्या के ताप से
बार-बार दबाया,

राग-रंग, रस में डूबने की
कर लालसा का अमृत पान जाग उठता दहाड़
सन्दर्भ से काटकर करता प्रस्तुत गलत-सही उदाहरण

अपनी विजय दुन्दुभी बजाता
धर्म के नाम पर, अधर्म की ध्वजा इस तरह फहराता
कि नैतिक-अनैतिक बन जाता

हाय, युधिष्ठिर! वचन की रस्सियों से जकड़े
धर्म के खूँटे से बँधे, बाहरी आक्रमणों से डरे
द्रुपद का जिस तरह तुम सबने मिलकर शिकार किया
काल के पन्नों में दर्ज हो चुका है अतिचार
उसे लेकर पछताने से अब क्या होगा?

आज अब इस अकेले निर्जन वन में
शिला पर बैठ आसुँओं भरी आँखें लिये
यही सब सोच पछता रहे युधिष्ठिर।

बड़े भ्राता होने के कारण पहला अधिकार उन्हीं का था
आनन्द रहित सम्भोग और स्खलन के बाद प्राप्त ज्ञान ने
विचलित किया इतना कि ठहरना कठिन था द्रौपदी के कक्ष में
भाग आये इन निर्जन एकान्त में
पर कहाँ छोड़ा साथ
विचारों के प्रवाह ने

आते जा रहे थे स्वयंवर के दृश्य मानस पटल पर
किसी चलचित्र की भाँति
सम्पूर्ण सर्वांग सुन्दरी, मादक यौवन से भरपूर
परलोक से आयी अप्सरा समान
वरमाला लिये, अपूर्व आभा बिखेरती
किसी देवी-सा द्रौपदी का स्वयंवर सभा में पदार्पण

उस अपार रूप राशि को देख
सबकी साँसें तेज
आँखें टिकी और मुँह खुले-के-खुले
धृष्टद्युम्न द्वारा शर्तों की घोषणा
और एक के बाद एक
महाप्रतापी योद्धाओं का मंच पर आगमन
असफलता से लज्जित उनकी वापसी
और सबसे अन्त में किसी सिंह की भाँति भव्य चाल से चलते
ब्राह्मण वेश में आत्मविश्वास से भरे अर्जुन का मंच पर आगमन

उसके व्यक्तित्व की भव्यता से एक ओर स्तम्भित पूरी सभा
दूसरी ओर द्रौपदी की आँखों में उमड़ा प्रीत का सागर
अर्जुन की सफलता ने
फैला दी थी एक अपूर्व आभा द्रौपदी के मुख पर
सन्तोष द्रुपद के मुख पर
प्रसन्नता से ओत-प्रोत धृष्टद्युम्न
अर्जुन के मृगछाल का कोना पकड़े द्रौपदी का प्रस्थान
असफल राजाओं का कोलाहल
कृष्ण, बलराम का बीच-बचाव
भीम का रौद्र रूप
कुन्ती के होंठों पर
वर्षों बाद आयी मुस्कान

जैसे रोने का मन हो और
आँखों में चोट लग जाये
वैसे ही लगा था पांडवों को
द्रौपदी के प्रति माँ का दिया गया निर्देश

द्रौपदी की अपार रूप-राशि से चौंधियाये
वर्षों-वर्षों तक आपत्तियों, विपत्तियों का सामना करते
माँगकर पेट भरते
ब्राह्मण वेश धर इस नगर से उस नगर डोलते
सब प्रकार से प्रताड़ित और पीड़ित पांडव भ्राताओं के सामने एक ऐसा आमन्त्रण
जिसने किया चूर-चूर सारा सद्‌गुणी संयम

क्षण मात्र में उनका राजसी स्वभाव जग पड़ा
ऐसा आमन्त्रण पा हो उठा तामसी
युधिष्ठिर ने की फिर घोषण
सभी भ्राताओं के साथ द्रौपदी-विवाह हुआ,

बहुत छटपटाया एक असहाय पिता
अपनी बेटी को अर्जुन की पत्नी बनने की बजाय
पांडवों के सहभोज की थाली बनते देख।

परन्तु पाप था बाकी चारों के मन में, अर्जुन असमंजस में
कौन सुनता द्रुपद के द्वारा उठाये नैतिकता, धर्म और न्याय के प्रश्न
और देता समुचित समाधान

पूछता कौन द्रुपद के स्वर में स्वर मिला
क्या लागू रहेगा यही नियम
भविष्य में भाइयों द्वारा किये गये अन्य विवाहों पर?

युधिष्ठिर ने नहीं बाँटी देविका
भीम ने नहीं बाँटी बालन्धरा और हिडिम्बा
उलूपी, चित्रांगदा और सुभद्रा भी नहीं बाँटी गयी
न नकुल ने बाँटी करेनुमती और
न सहदेव ने विजया।

किसी अन्य सन्दर्भ में ली गयी
एक विचित्र प्रतिज्ञा के उल्लेख के भारी भरकम भार
और धर्म के उद्धरणों की गलत-सही व्याख्या के तले दब गये द्रुपद के प्रश्न
वैसे ही जैसे किसी भी युद्ध में सारे नियम मर्यादाएँ एक के बाद एक
विजय की महत्त्वाकांक्षा के धधकते हवनकुंड में होती जाती हैं स्वाहा... स्वाहा...

फिर भी नहीं भूला युधिष्ठिर को विवाह-मंडप की ओर
सखियों के बीच घिरी द्रौपदी की दृष्टि से टकराना अपनी दृष्टि का
जैसे टकराना
वधस्थल की ओर जाते
बलि पशु की याचना भरी करुण दृष्टि से

क्षण भर को भी तो नहीं हट पायी कभी वह दृष्टि
युधिष्ठिर की स्मृति से
फिर भी न्याय की आवाज़ कहाँ बच पाती है
अन्याय के पीछे छिपे स्वार्थ के दबाव से
वासना की आँधी के समक्ष टिका कब
बुद्धि, विवेक और स्वानुशासन का दीया?

बार-बार लोभ हर लेता बुद्धि
खड़ा पाते धर्मराज अपने को अधर्म के द्वार पर

बार-बार वापस लौटना द्रौपदी-कक्ष से सूर्योदय के साथ
फिर-फिर वही पश्चाताप फिर-फिर वही वासनाधीन
रस लोभी लम्पट मन प्रेरित सहवास

इस प्रक्रिया से गुजरते बार-बार
जैसे धर्मराज का प्रखर तेज मद्धिम होता गया
बार-बार खिंचने वाले रबड़ की कम होती जाती संकुचन शक्ति-सी
बचा नहीं उनमें कोई प्रतिरोध
शकुनि के उकसाने पर काँपे नहीं उनके हाथ
द्रौपदी को दाँव पर लगाते
कृष्ण के सिखाते ही बोल पड़े
अश्वत्थामा हतो नरो वा कुंजरो....

माँ जानती थी

विधाता
एक कल्पना या रचयिता सर्वशक्तिमान
जब चाहे सब कुछ दे
कल्पवृक्ष–सा
जब चाहे सब कुछ वापस ले ले
हमारी समझ से परे उसकी करनी
हमारी समझ से परे उसकी अकर्मण्यता
पाप–पुण्य का नियन्ता
करता प्रेरित कुछ करने को
फिर करने भी नहीं देता कुछ भी
निर्णायक जन्म पुनर्जन्म का रचता ऐसा विधान
नहीं रह पाता जीवन एक समान

रात के बाद दिन
दिन के बाद रात के आने का क्रम
चलता ही रहता जीवन में भी
आता है कभी भाग्य का रूप धर
तो कभी संजोग का मुखौटा पहन
परन्तु वह आता है ठीक उसी वक्त
जब छोड़ चुके होते सारी उम्मीदें
या फिर जब निश्चिन्त हो मना रहे होते हैं उत्सव भूल बुरे समय को

जिस वर्ष खूब लहराती फसल
उसी वर्ष आ जाती जमकर बाढ़
भरी–भरी बालियों से झूमती फसल
और कटने के पहले ओलों की बरसात।

क्या अपने किये पर खुद ही की नजर लगती?

लाख के जलते घर से निकल
बरसों-बरस रहे झेलते हम निर्वासन, निरादर,
कौरवों के भावी षड्यन्त्रों से डरे
पहचाने जाने के भय से आक्रान्त
बदलते रहे जंगल से जंगल बस्ती से बस्ती, नगर से नगर

ऐसे में जब आया निर्देश सखा कृष्ण का
पांचाल नरेश की राजकुमारी के स्वयंवर में शामिल होने का
तो मेरा मन बल्लियों उछल पड़ा।

बाकी भ्राता समझें न समझें सखा का निर्देश
माँ और मेरे लिये था यह शुभ संकेत
वाम विधाता अब होने वाले हैं सदय

मन में जैसे विश्व विजयी होने के भाव थे
जब लौट रहे थे वापस हम स्वयंवर से

आगे-आगे सारे भ्राता थोड़ा पीछे मैं
और मेरी मृगछाला का कोना पकड़े
अप्सराओं की अप्सरा रूप, गुण की पराकाष्ठा
हमारे सौभाग्य की देवी द्रौपदी

विष्णु लक्ष्मी को पाकर शिव पार्वती को पाकर
नहीं हुए होंगे इतने प्रसन्न जितना मैं था।
जीवन सहचरी के रूप में द्रौपदी को पाकर।

भारत के सभी नामी प्रतापी वीरों की असफलता के बाद मिली सफलता
मेरे आनन्द को बढ़ा रही थी कई गुणा
सबसे बड़ी बात थी कौरवों की पराजय और उससे भी बड़ी बात थी
अपने सबसे बड़े प्रतिद्वन्द्वी कर्ण को मुँह लटकाये
खाली हाथ वापस जाते देखना

स्वयंवर सभा से घर तक
मैं मन-ही-मन करता रहा दुनिया-जहाँ की बातें
उड़ेलता रहा अपना प्यार

स्नेह से दुलराता रहा द्रौपदी के अंग–प्रत्यंग
और आश्चर्य कि, देवी देती रहीं
सारी बातों का समुचित उत्तर

हमारे बीच का मौन था इतना मुखर, इतना सघन
कि बाद में कुछ बोलकर भी
वैसा अलौकिक संवाद सम्भव नहीं हुआ कृष्णा के साथ फिर

लज्जा से झुके अपने नयनों को
कभी उठाकर तो कभी गिराकर
कभी पलकें झपकाकर कभी पाँवों की चाल से
कभी कोमल चपल उँगलियों के इंगित से
कभी मुस्कान से तो कभी अपने गाम्भीर्य से
जाने कितने–कितने संवाद
होते रहे सम्प्रेषित हम दोनों के बीच
सच, नहीं होती प्रेम की कोई भाषा

पता नहीं मैं सोया था या जगा
आँखें खुली थीं या किसी स्वप्न में डूबी
लेकिन था मैं सातवें आसमान पर
जंगल का बीहड़ रास्ता कैसे कटा पता नहीं
याज्ञसेनी के अनभ्यस्त पाँवों को जैसे कोई कष्ट ही नहीं हुआ
पता ही नहीं धूप थी या छाया थी
या कर रहे थे हम यात्रा पुष्पक विमान में

यह जादुई माहौल टूटा
दरवाजा खटखटाने की कर्कश ध्वनि से
हमारे अस्थाई निवास
कुम्भकार के टूटे–फूटे द्वार पर
थाप दे, माँ कुन्ती को पुकार रहे थे बड़े भ्राता
और जब दिवा–स्वप्न टूटा
तो फिर बहुत कुछ टूटने लगा
ऊँचे स्वर में घोषणा की भ्राता युधिष्ठिर ने

माँ देखो हम आज एक दुर्लभ वस्तु लाये हैं,
किवाड़ खोलकर देखो
तुम्हारे पुत्र, विजयी होकर लौटे हैं

दिमाग को झटका लगा
यह कौन–सा तरीका था सूचना देने का बहू के आगमन की?

क्या द्रौपदी कोई 'वस्तु' थी
वह तो थी धरती की सर्वश्रेष्ठ बहू
भ्राता ने ससम्मान यह क्यों नहीं कहा–
माँ पार्थ ने स्वयंवर जीता है
राजकुमारी हमारे साथ आयी हैं,
राजकुमारी द्रौपदी!
द्वार खोलो   चरण रज दो
आशीर्वाद दो
आरती उतारो
स्वागत करो

परन्तु बहुत कुछ था शेष
बहुत कुछ था टूटना
बड़े भ्रम थे दूर होने को

हा विधाता!
खेल ही दिया तुमने अपना वही पुराना खेल
हे विदूषक कुछ देर तो ठहरते और
सातवें आसमान से पटक दिया मुझे
अतल पाताल के अन्धेरों में।

माँ जानती थी हम कहाँ गये थे
और किस उद्देश्य से गये थे
तिल भर भी शंका नहीं थी मन में उनके
अपने पार्थ के सामर्थ्य पर
खूब जानती थी वे

अर्जुन लायेगा उनके लिये राजकुमारी बहू
फिर क्यों कहा उन्होंने
मिलकर सम भाग में बाँट लो सारे भाई
आपस में बराबर, सदा की तरह।

हाय अर्जुन!
होना था क्यों
यह आकस्मिक वज्रपात तेरे ही सिर पर!

कहते हैं माँ से बेहतर कोई नहीं जानता
अपने जायों का अन्तरमन
तो क्या माँ ने पढ़ लिया था
बाकी भ्राताओं के हृदय में
द्रौपदी के प्रति उठती कोमल भावनाओं को
वरना क्यों दोहराती अपनी आज्ञा
बाहर निकल वस्तु स्थिति से परिचित होने के बाद भी

हे भगवन अब क्या होगा?
मेरी आज्ञा की अवहेलना
होगी अपमानजनक सबके लिये
तुम लोग बनोगे धर्मद्रोही
और पालन होगा अपमानजनक, द्रौपदी के लिये
जिसकी लज्जा की नहीं रहेगी कोई सीमा

ऊपर-ऊपर से तो सबको थी चिन्ता
द्रौपदी के मान-सम्मान की
परन्तु माँ के वचनों की रक्षा हेतु
सभी थे उससे भी अधिक चिन्तित एकमत
मैं इस तरह घिरा इस हास्यास्पद नाटक में
कि व्यक्त नहीं कर पाया अपनी असहमति

धर्मराज ने निर्णय दे दिया था
अब बचा भी क्या था बोलने को

यद्यपि हाहाकार करता हृदय
दुत्कारता था मुझे बार-बार
अभी तक जिसके प्रेम में पागल हो रहे थे
कौन-सा मुहँ लेकर करोगे, उसका सामना
कितने विश्वास, प्यार और गर्व के साथ
तुम्हारी मृगछाला का कोना पकड़े
विदा हुई थी वह पिता के धाम से
क्या यही लज्जा, यही अपमान भोगने?

परन्तु अधोमुख अर्जुन बोला तो ठीक विपरीत
माँ का निर्देश ही मेरा धर्म है
जीवन भर क्या क्षमा कर पाओगे अर्जुन
अपने को इस दुष्कृत्य के लिये?

सोच रहे हैं पार्थ
जंगल के एकान्त में खिन्न और उदास
बैठे हुए सर झुकाये शिला पर

स्वयं को ही देते उलाहना
करते भर्त्सना स्वयं ही स्वयं की
अरे मूर्ख, क्यों नहीं आया तेरी समझ में
कोई भी पुरुष कैसे नहीं होगा आसक्त याज्ञसेनी के रूप से
यदि वह नहीं है क्लीव या जड़।

किसका दिल नहीं मचलेगा कृष्णा के साहचर्य हेतु
युधिष्ठिर के मन में भी कामना की गोपन आग
जल रही हो तो क्या अश्चर्य
बड़े भाई के नाते
राज और राज सिंहासन उन्हीं का होगा
फिर राजकुमारी क्यों नहीं

भीम भी तो सोचते होंगे
यदि नहीं खड़े होते वे

दुष्ट राजाओं और द्रौपदी के बीच
तो हो पाता क्या स्वयंवर पूर्ण निर्विघ्न
फिर भोजन लालची भीम के लिए तो
पाक कला में निपुणता कृष्णा की
और अधिक काम्य बना रही होगी उसे

नकुल तो हम सब में सबसे सुन्दर
भला वे क्यों नहीं समझे स्वयं को सबसे योग्य वर
सर्वश्रेष्ठ सुन्दरी द्रौपदी हेतु

भाई सहदेव ने तो कर नक्षत्रों की गणना
लिया होगा जान भविष्य
और खुशी से खिल गयी होंगी बाछें

आह मन्दमति मूढ़
तू क्यों नहीं देख समझ पाया यह सारा छल छद्म?

सच है कि विपत्ति काल में
अपने भी नहीं देते साथ
सखा कृष्ण ने भी तो अपना ली मुद्रा उपदेशक की

देखा है जिसने भी कृष्णा को
वह कैसे पा सकता है शान्ति
लज्जावश मुख से नहीं कहने पर भी
कहेगा कौन रख धर्म को साक्षी
नहीं है वह आसक्त कृष्णा के प्रति
सिर्फ अर्जुन को मिले कृष्णा
तो निश्चय ही इर्ष्यान्वित होंगे अन्य भ्राता
उपजेगा भ्रातृविवाद पाँचों पाँडवों में
सम्भव नहीं हो पायेगा फिर दमन दुष्ट दुराचारी कौरवों का
माँ के मुँह से निकला वाक्य सदा होता है मंगलमय ही
समझबूझ धर्मराज ने शायद उत्पन्न कर दी ऐसी परिस्थिति
ताकि हो सके धर्म की स्थापना पृथ्वी पर
कृष्णा का तो जन्म ही हुआ है धर्म की रक्षा हेतु।

अब ऊहापोह की कहाँ बची थी गुंजाइश कोई
और फिर मैंने भी बेमन से ही कहा था
बड़े भाई और माता की आज्ञा का पालन ही तो है मेरा धर्म
तो अब पछतावा क्या
भ्राताओं के प्रति वैमनस्य क्यों?

मलिन मन, मलिन मुख
बेहतर है एकान्तवास में पछताते रहने से
मुक्ति का मार्ग खोजना
कृष्ण के सखा अर्जुन सखी कृष्णा
सोचो मार्ग कोई ऐसा
कि मरे साँप और लाठी भी न टूटे
मन को कष्ट भी न हो और प्रतिज्ञा भी न टूटे
यही तो विशेषता है मानव मन की
कठिन-से-कठिन परिस्थितियों में से जाता है निकल
उर्वर मस्तिष्क गहन चिन्तन ढूँढ़ ही लेते हैं समाधान

प्रतिज्ञा तो यही है कि
अपनी निर्धारित अवधि को छोड़
कोई भ्राता नहीं होगा दाखिल
रहेगा दूर कृष्णा के शयन कक्ष से
दूसरे भ्राताओं के निर्धारित समय की अवधि में
और बारह वर्षों का वनवास उल्लंघन के दोषी को
तो ठीक यही प्रबन्ध चले।

अपनी अवधि तो अपनी ही है
बाकी में वर्जित केवल
पांचाली के शयनकक्ष में जाना
परन्तु कहाँ है वर्जित पांचाली से मिलना
उसके शयनकक्ष से बाहर।

मैं अर्जुन
पति तो हूँ ही उसका
है यही सत्य सदा सर्वदा।

मोर नाचते हैं

चाँदनी रात है दरवाजा खुलता है
एक पति दरवाजा बन्द करते-करते आता है
स्त्री के मन में कुछ उत्साह नहीं

मगर उसे अपने-आपको उसके हवाले करना ही है
वो वचनबद्ध है लेटी हुई शर्मायी हुई
संकोच में डूबी देख रही है कि वो आगे बढ़ रहे हैं

उन्होंने उसका नारीत्व ले लिया और दबे पाँव चले गये
वो रोयी, रोयी, खूब रोयी

सुबह होती है
कुछ खोया-खोया-सा मन होता
वो क्या है जो मेरे बचपन के साथ रहा
और आज उसे मेरे पति के रूप में एक पुरुष ने लूटा

दूसरे रोज दूसरे भाई आयेंगे
वो भी पति हैं
मैं उन्हें ये तो नहीं दे सकूँगी असम्भव है

दूसरी रात
फिर एक सुहाग की रात
दासी ने आकर मेरी चोली की गाँठ खोल दी
और बाकी गाँठें पति ने खोली

मैं शर्मायी
हाथों से अपनी आँखें बन्द की
वो समझ गये

कमरे के प्रकाश को थोड़ा मन्द कर
हाथ फेरते हुए सीने से लिपटा लिया

सुबह मैंने अपने-आपको बिस्तर में पाया
उन्हें क्या मिला?
तृप्ति?
मुझे एक नये सम्बन्ध का अनुभव?
समझ में नहीं आया ये क्या हुआ

तीसरी रात भी थोड़ी-सी चाँदनी थी,
मन चाहा कमल ताल में
निर्वस्त्र होकर प्रतीक्षा करूँ तीसरे पति पुरुष की

न जाने क्यों मेरी साँसें दौड़ रहीं
मेरा बदन गरम क्यों हो रहा
मैं व्याकुल क्यों हूँ?

नहीं आये अब तक...

अभिसार का वक्त हो चला
वो भी कपड़े उतारकर आते हैं
मैं उन्हें कमलताल में खींच लेती हूँ
स्वर्ग-ही-स्वर्ग है
मेरे उरोज उभरते हैं
उनका तना हुआ शरीर मुझमें खो जाता है

अब समझ में आता है कि
वह कमलताल था कल्पवृक्ष की छाया में
जो-जो कामसुख चाहा
जितना-जितना और जैसा-जैसा
वैसा ही और उतना-उतना ही देता गया कल्पवृक्ष
समय जैसे ठहर गया।

हम पागल से खुशी में मदहोश
वे चुम्बनों से मुझे घेर लेते हैं,
सुबह तक हम कई तरह से
प्रेम में मग्न दोनों के शरीर अपनी सीमाओं का
बार-बार अतिक्रमण कर लौट आते हैं मिलते हैं।

ये रात सुखद-ही-सुखद थी

उन्हें जाता देख पूछती हूँ
फिर कब आओगे?
वो मुड़कर देखते हैं
हाँ आऊँगा जब मेरी बारी आयेगी
मगर तुम भूल न जाना उस सुख को जो साझा है केवल हम दोनों का
उसकी आँखें भर जाती हैं कुछ कह नहीं पाती।

सहना ही मुझे अन्य पतियों को
क्या वह दूसरे पतियो को इतना सुख दे पाती?
या उन्हें देखकर घबराती है–

जब वो आयेंगे तो मैं क्या दूँगी
उन्हें जितना स्नेह चाहिए
क्या मैं दे पाऊँगी?

वे मेरे सिरहाने जब सोये
जिस तकिए पर मेरे ख्वाब टूटते थे
आलिंगन में मस्त
अब उसी जगह मैं किसी और को क्या दे पाऊँगी
सच है वे मेरे पति भी हैं
मगर क्या पति होना ही सब कुछ होता है?

उनकी छूअन मुझमें कोई उत्तेजना नहीं जगा पाती
मेरे स्तन केवल स्तन रहते हैं
मधु कलश नहीं बन पाते

और वे जब भोग के चरम क्षणों को जी रहे होते हैं
तब मैं अपनी अतृप्ति और उदासी के सागर में डूब रही होती हूँ

कब तक आस लगाये बैठी रहूँ
वो आएँ न आयें कैसे कहूँ
कबूतर का सहारा लेकर सन्देश तो भेज ही सकती हूँ

कबूतर, मेरा ये सन्देश महाराज अर्जुन को देना
उस वक्त देना जब वो अकेले हों
छोटे सन्देश में लिख कर भिजवाया–

तुरन्त आइये अब सही नहीं जाती जुदाई
जवाब लौटते कबूतर से भेजिये

चूमकर उसने कबूतर को छोड़ा
वो आसमान में फड़फड़ाता हुआ
तीर की तरह जाने-पहचाने महल में उतरा
महाराज अर्जुन के कक्ष में पहुँचा
महाराज बिस्तर पर लेटे थे।
कबूतर जाकर उनके सीने पर बैठा

कबूतर देख अर्जुन चौंके
पास बुलाया
कबूतर
जो था बिना झिझक उनके सीने पर बैठा
कबूतर के गले में कोई सन्देश बन्धा देखा
धड़कते दिल से सन्देश पढ़ा
कुछ देर सोचा फिर तुरन्त ये लिखकर
कि रात नहीं तो दिन सही
मिलन की जगह और वक्त का सन्देश भेजा

और फिर सिलसिला चल निकला

बारी वाले पति रात को असन्तुष्ट चले गये
कुछ भी नहीं हुआ

द्रौपदी सोलह शृंगार कर
पथ पर आँख टिकाये बैठी रही
बाग में सफेद मोर नाचते रहे
शुभ संकेत देते रहे
तभी अर्जुन पधारे
द्रौपदी अर्जुन से लिपट गयी

तय हो गया कि दिन उनके हैं
रात चाहे बारी वाले किसी भी पति की हो
द्रौपदी के जीवन में अब बहार-ही-बहार थी
सुख-ही-सुख था
ये सिलसिला चलता रहा
शायद इसके अलावा कोई चारा न था।

अन्याय के प्रतिकार का यही था एकमात्र रास्ता।

लहरों में खड़ी

लहरों में खड़ी अधखिली कलियों-सी
कुँआरी एक कन्या
मासूम निगाहों से देख रही अपलक
अपने जिगर के टुकड़े को
विदा किया जिसे पिटारी में रखकर

कहती है पानी से
हे नदी, हे माँ
सम्भालकर ले जाना
जहाँ मेरे बच्चे का भविष्य हो
धारा संग बहती, प्रतिक्षण उससे दूर होती
न जाने किस अन्जान मंजिल
किस अज्ञात जीवन की ओर बढ़ती जा रही
टोकरी को सम्बोधित कर बुदबुदाती है–
मैं तुम्हारे पीछे आ नहीं सकती
तुम्हारे पिता सूर्यदेव ही सम्भालेंगे तुम्हें
उन्हीं की बाँहों में छोड़ रही पुत्र तुम्हें।

कोख से उठती कातर चीख
रुक जाती भिंचे होंठों के बीच
कभी देखती अपने हाथों को
जिन्होंने अत्यन्त निष्ठुरता से
किया था प्रवाहित उस नवजात शिशु को।

चौंकती-सी पूछती है अपने-आपसे
क्या मेरे ही हैं ये हाथ?
किया जिन्होंने ऐसा कुकृत्य

धीरे-धीरे दूर होती जाती टोकरी
मसल-सी रही उसका हृदय
असहनीय वेदना, अपार व्यथा
कोई कुन्द आरी रेत रही दिल-दिमाग को
अर्धमूर्छित अवस्था में पड़ी
उस किशोरी के कानों में गूँज रहे अब भी
सूर्यदेव की बहलाती फुसफुसाहट
बचपने में की गयी अपनी भूल की
क्षमा माँगती उसकी गिड़गिड़ाहट को नकारती
उसे मनाती, धमकाती, समझाती
वह कोमल, परन्तु दृढ़ वाणी–

हे कुन्ती
कन्या शब्द की उत्पत्ति ही हुई है कम धातु से
अर्थात् चाहे जिस पुरुष की
इच्छा कर सकने वाली कन्या स्वतन्त्र है

विवाह आदि संस्कार सब कृत्रिम हैं
अनावश्यक सामाजिक बन्धन
निरर्थक हैं परम्परागत रीति-रिवाज
अतः तुम मेरे साथ समागम करो

मिथ्या नहीं हो सकती ऋषि वाणी
व्यर्थ नहीं हो सकता मन्त्रोच्चार
नहीं हो सकती निरर्थक
देवलोक से भूलोक तक की मेरी यात्रा
सार्थकता तो इसकी होकर रहेगी सिद्ध

निश्चित है अब तुम्हारा माँ बनना
एक देवोपम सूर्य पुत्र का।

समागम से सन्तुष्ट सूर्यदेव करते हैं प्रस्थान
सामाजिक अपवाद, बदनामी और लज्जा का करने को निराकरण
मिटाने को अपने कुकर्म का प्रमाण दे जाते हैं वरदान–

माँ बनने के बाद भी तुम
बन जाओगी पुन कुँवारी
अर्थात् अक्षत योनि ही रहोगी*

होती है इच्छा तैरकर जाये
खींच लाये टोकरी
उस शिशु को छाती से लगाये
जिसे उसने जन्म दिया

परन्तु कुछ भी न कर पाने के दुख ने
कुन्ती को कितना छला होगा

और तमाम जीवन छलता रहा
वह ढूँढ़ती रही खाली आँखों से अपने सुन्दर बेटे को
नींद में सुनती थी उसकी आवाज और तिलमिला जाती
अपने यौवन को कोसती
आँखों से आँसू बरसाती
जिनकी नहीं थी कोई कद्र

किनारे से लौटती
दूध टपकते स्तनों को देखती है
जो सूर्य के वरदान स्वरूप
वापस लौट रहे हैं

शरीर के अंगों के साथ
पुनः कुँवारेपन की ओर।

सोचती है कुन्ती अपने महल के एकान्त में बैठी
क्या है यह कुँवारापन
लौट आया जो उसे बनाता पुनः पावन

कौमार्य क्या है?
बिना सूँघा हुआ फूल?

---

* वनपर्व 307वाँ अध्याय

बिना पिरोया मोती?
या हो सकती है एक मन:स्थिति भी।

शरीर के कुँवारेपन की
पुन: प्राप्ति के बावजूद
कहाँ मिटती है मन से
स्मृति उस कंचन सदृश्य चमकते
कवच-कुंडल सुशोभित
मृदु मुस्कान सुसज्जित होंठों वाले शिशु की
सुन्दर नेत्र टकटकी लगाये देख रहे थे उसकी ओर।

क्या था बालक की उस दृष्टि में?
माँ के वात्सल्य की अमृतमयी धारा की आस
गोद में उठा चूमने, दुलराने की माँग
छाती से लगा अमृतपान का इन्तजार
या एक करुण याचना
माँ की ममतामयी छाँव में जीने का अधिकार

और फिर प्रारम्भिक भय
आशंका तथा लज्जा के बाद
क्या नहीं हुई थी वह
सूर्य के अनुपम सौन्दर्य से प्रभावित
क्या नहीं जगी थी उसमें कामेच्छा रत्ती-भर भी
तृप्ति दायक सहवास के बाद?
क्या नहीं उमड़ा था
हृदय में उसके सूर्य के प्रति
पहले प्रेम का सैलाब?

डूब गया था जिसमें सब कुछ
समाज का भय
पुत्र के जन्म और पालने की समस्या
आने वाले कठिन समय की चिन्ता
एक अनजान राह पर चल पड़ने का डर

लज्जा, संकोच कुछ भी तो नहीं बचा था
उसे प्रेम उदधि में डूबने से

विदा माँगते सूर्य से लिपटी रही जाने कितनी देर तक
न कुछ कहना था, न कुछ पूछना
था तो बस प्रेम निस्वार्थ, निर्बाध, स्वर्गीय, अनुपम

सारे सुखों, सारे दुखों से परे
प्रेम और केवल प्रेम

कौमार्य के लौटने के बाद भी
क्या वह भूल पायी उस प्रेम को
उस अद्भुत मिलन को
वह तो था उसके जीवन की एकमात्र संचित सम्पत्ति

स्मृतियाँ सूर्य की, प्रेम में डूबी
स्मृतियाँ स्वर्ण शिशु की, दुख में डूबी
परन्तु कराती एक अज्ञात सुख का भी एहसास
मन में जगाती एक आस एक विश्वास
कि होगा जहाँ भी
चमकेगा वह एक दिन
आदित्य-सा ही देदीप्यमान हो
फैलेगी उसकी यश-कीर्ति
सूर्य किरणों-सी प्रकाशित करती प्रत्येक दिशा को
और तब वह जानेगी उसकी कथा
फूली नहीं समायेगी
गिनते हुए उसकी उपलब्धियाँ,
गूँगे के गुड़-सा ही सही
पर हर लेगा उसकी उपस्थिति का भान
उसके द्वारा जीवन-भर झेले गये अपराधबोध की व्यथा

फिर क्या अर्थ था
पुनः लौटे इस कौमार्य का
एक ढकोसला, एक पाखंड
बार-बार दोहराये जाने वाले किसी कर्मकांड-सा

बीतता रहा समय
या बीता कुछ भी नहीं
वहीं थम गया उसका समय
स्थिर हो गया वृक्ष की तरह
केवल बदलते मौसमों के साथ बदलते रहे पत्ते

ाउन्हीं झड़ते हुए पत्तों का सिरहाना बना सो गयी वह
अपने ठहरे समय के बिछौने पर

मौसम बदलते रहे
औरों का समय चलता रहा
घूमता रहा वृत्ताकार किसी कोल्हू के बैल-सा
उसके रुके समय को केन्द्र बना

घटनाएँ घटती रहीं
दुनिया बदलती रही
और जब जगी तो
वो राजकुमारी से महारानी बन चुकी थी
महलों में रहने के बाद
पति के साथ जंगल की कुटी में आ चुकी थी

पर उसका समय वहीं खड़ा रहा वृक्ष बन
अब भी वह कुमारी थी
और समय वहीं खड़ा था
एक क्लीव पति के रूप में
जो था अक्षम उसे मुक्त करने में
उस बेढंगे नकली पाखंडी कौमार्य से
जितना विवश, उतना ही दुखी पति
जितनी बड़ी अक्षमता
उससे भी बड़ी महत्त्वाकांक्षा
पिता बनने की, वंश वृद्धि की
अपना खोया या छीना राज्य
पुनः प्राप्त करने की

धधकती तृष्णा अग्नि में
रात–दिन जलता
कराहता, चिल्लाता, छटपटाता
रोता, बिलखता, दुख सागर में गोते खाता।

नहीं देख पायी कुन्ती
पति पांडु का दुख
बताया पति को, सौत को
अपने वरदान का रहस्य

परन्तु थी वह इस बार सावधान
खोये राज्य की पुनः प्राप्ति का प्रश्न था
एक जटिल समस्या थी
केवल पुत्र नहीं
आवश्यक थे विलक्षण गुणों
शौर्य, पराक्रम, बुद्धि, विद्या से सुसज्जित पुत्र
प्रत्येक पुत्र के पीछे खड़ा उसका असली पिता देखभाल करता

अगली समस्या थी संख्या की
कितने पुत्र
ताकि वे कम भी न पड़ें
और आपस में लड़ भी न पड़ें।

चुन–चुनकर उसने आमन्त्रित किये, देवता
एक–एक कर
स्वयं के लिये और सौत के लिये भी
वन पर्णकुटि में खिले
एक–एक कर पाँच फूल।

समय
झड़ता रहा पत्तों–सा
निबाहते रहे सब
अपना कर्तव्य
हो रहे थे बच्चे बड़े।

वापस लौटीं महारानी कुन्ती
पाँच विलक्षण पुत्रों के साथ
कुछ और प्रकाशमान हुआ हस्तिनापुर।

किसमें था साहस
जब थे खड़े पितामह बन अभिभावक
कौन पूछता कहाँ से आये
सम्भोग में असमर्थ पांडु के
ऐसे विलक्षण, गुणी पुत्र।

कब नाचा जंगल में मोर?

ले आयीं माताएँ जंगल से बटोर
पाँच अद्‌भुत अनमोल रत्न
बना दिया उन्हें वारिस विशाल साम्राज्य का

होनी ही थी शत्रुता पैदा
पांडवों और कौरवों के बीच
और वह हुई,
बढ़ी दिन दूनी, रात चौगुनी।

पड़े उसके पैर हकीकत की कठोर पथरीली जमीन पर
लाख से बने घर की
ज्वालाओं से बच निकलने पर
नहीं लौटी वह वापस हस्तिनापुर
पुत्रों सहित वेश बदल
रही घूमती जाने कहाँ-कहाँ।

कुम्हार की झोपड़ी में चिन्तामग्न बैठी रही
भविष्य की कल्पना में निमग्न

जानती थी वह
कि बहू के रूप में आने वाली है द्रुपद की पुत्री
जीतने वाला है अर्जुन स्वयंवर

सोच रही कुन्ती
एक माँ नहीं,
सोच रही एक महारानी,
खो गया जिसका राजपाट।

अब कौन शतरंजी चाल
फिर कौन-सी चाल
क्या कहूँ मैं ऐसा जो हो नीति के अनुकूल।

मैं जानती हूँ
द्रौपदी ही हो सकती वह सूत्र
जो एक माला की तरह समेटे रखे पांडवों को
होने दो यह भी
सास के चार तो बहू के पाँच।

परन्तु होगा यह कितना अभद्र
कितना लज्जाजनक!

जैसा झेला है मैंने जीवन में
उससे कहीं ज्यादा
हाँ, बहुत ज्यादा अपमानजनक

कोसेगा इतिहास
धिक्...धिक् कर उठेगा
सारा सभ्य समाज
नारी द्वारा नारी पर अत्याचार

बजाय समझने के पीड़ा किसी स्त्री की
और करने उपचार
स्त्री ही बढ़ाये उसे तो बचेगा क्या उपाय!
जब स्त्री ही नहीं समझेगी पीड़ा स्त्री की
तो समझेगा कौन,
यह पुरुष समाज?
दिखायी जिसने युगों-युगों से

स्त्री के प्रति निर्दयता, अन्याय
किया सदा उसका निरादर, अपमान।

इतना कुछ देखने–समझने के बाद भी
इतना कुछ भोगने–झेलने के बाद भी
क्यों नहीं देती स्त्री साथ स्त्री का
मिलकर स्त्रियाँ क्यों नहीं करतीं प्रतिकार
फिर कैसे और क्योंकर सुधरेगा समाज
टूटेंगी, सड़ी–गली परम्पराएँ
बनेंगे नये नियम, नये आचार–विचार
समानता और सम्मान होंगे जिनके आधार

फिर भी होता क्यों नहीं मेरे हृदय में साहस का संचार
सबल पग बढ़ा चलता क्यों नहीं नये समाज के निर्माण पथ पर
नयी आजादी, नये विचारों के पथ पर
प्रणेता बन नयी रोशनी के आगमन का

क्या है यह
युगों की संचित हीन–भावना
या बचपन से कानों में पड़ते
अबला नारी, निर्बला नारी जैसे शब्दों के प्रभाव?

कौन–सा भय है यह
रोकता है जो मुझे बार–बार
स्त्री मुक्ति का पर्व मनाने से
अपने खोये पुत्र को पहचानने के बाद भी
उसे अपने अंक में भर लेने से
पुरुष श्रेष्ठता के पाखंड की
धज्जियाँ उड़ा उसे बेनकाब करने से?

क्या भयभीत हूँ मैं
पुरुष समाज को
एक साथ नाराज करने से?

हाँ, सत्य तो यही है
महत्त्वपूर्ण है कुन्ती के लिये
सारे समाज का समर्थन
खोये राज्य की पुनः प्राप्ति के लिये?

माँ के लिये पुत्र-प्रेम से बढ़कर क्या है?
पुत्र स्वार्थ को साधने से बढ़कर नहीं है कुछ भी

अभी तो आवश्यक है सत्ता
देनी होगी प्राथमिकता
नीति या अनीति से अलग होकर राजनीति की शतरंजी चालों को
कर्ण को भी तो लाना है पक्ष में अपने

पुत्र युधिष्ठिर की पुकार के उत्तर में
हाय ये क्या निकला मेरे मुख से—
'बराबर बाँट लो आपस में'!

धिक्-धिक् कर जल उठीं दिशाएँ
किसी भी स्त्री को असह्य अपमान
और लज्जा में डुबा देने वाला यह वाक्य
गूँजा सारे भुवन में
गया सारे युगों के आरपार
औरत की गुलामी का एक और खूँटा
ठुक गया मजबूती से नये तर्क और प्रमाण की तरह
सारे समाज की स्त्रियों के हृदय को भेदता
लिखा इतिहास ने तुम्हारा नाम भी
वही शाश्वत सास-बहू का खेल खेलने वालों में!

हाय! कुन्ती और कितना गिरेगी
और क्या-क्या अधम पातक जुड़ेंगे तेरे नाम से?
कौन-सा आदर्श जायेगी छोड़ स्त्री समुदाय के लिये?
अभी तो शेष है निर्णायक महायुद्ध!

कुल और गोत्र

कैसी धुन्ध
कैसा कोहरा
फैला है जो सदियों से युगों के आर-पार
सतयुग से कलियुग तक?

ये कैसे महल
कैसे मन्दिर
कैसी अट्टालिकाएँ
कैसे कँगूरे, कैसे शिखर
कैसी-कैसी पताकाओं से सुसज्जित
रोक रखी है जिन्होंने हमारी रोशनी

ये कैसे मुकुट
कैसे तिलकित ललाटों वाले सर
कैसी पगड़ियाँ कैसे मुरेठे
पहुँचने नहीं देते हम तक जो
चाँदनी की चमक उसकी शीतलता

बस एक नीम रोशनी वाला अन्धेरा
एक दागदार उजाला
घेरे रहता जो हमें सदा!

ये कैसे अदृश्य बन्धन
बाँधे बैठे हैं हमारे हाथ-पैर
जकड़ रखे हैं हमारे फेफड़े

कैसा है यह खेल
कौन है वह कुशल खिलाड़ी

कर रखा है हमें वंचित
जाने कब से
रखेगा जाने कब तक
हवा पानी और रोशनी के
प्राकृतिक अधिकार तक से!

मानवता के विरुद्ध
रचा किसने यह ऊँच-नीच का
कुल और गोत्र का षड्यन्त्र?

कर्मप्रधान जगत में
बना कैसा जन्म निर्णायक
प्रभुता कैसे पायी धन-वैभव ने उस समाज में
सारा ढोंग जहाँ नैतिकता
धर्म और न्याय पर है

यह अबूझ पहेली
जाने रची हुई किसकी
भूल-भुलैया यह
निर्मित है क्योंकर
कौन प्रणेता है?
जातियों की अधमता, श्रेष्ठता का
पता नहीं वे कौन से आधार हैं
कौन से हैं तर्क जो कर पाये सिद्ध
कि होती है श्रेष्ठता केवल कुल या जाति की
नहीं श्रेष्ठ कर्म या विचार
कुल और गोत्र से हीन-दीन
कितने ही महावीर घिरे हुए
जातियों के
व्यवस्था के दुष्चक्र से

नहीं मिलती राह कोई
हैं विवश जाने के लिये

गुरु द्रोण या परशुराम के पास
जो विद्या देंगे बाद में पहले देंगे श्राप
वसूलेंगे प्राणान्तक गुरुदक्षिणा
माँग लेंगे अँगूठे का दान

ये कामी, श्रेष्ठ कुल विभूषित नर पुंगव
पुत्र तो देंगे सहास
परन्तु गलती से भी नहीं आश्रय
अपने कुल–गोत्र का

इन्द्रप्रस्थ के महलों में नहीं
घने जंगलों में ही
माँ हिडिम्बा, पुत्र घटोत्कच को
करना होगा निवास

आ धमकेंगे किसी दिन
बिना किसी शर्मो–लिहाज पुत्र–पुत्र पुकारते
होगी जब भी जरूरत इन शोषकों को
किसी वीर के शीश की देने के लिये बलि
बचाने को अपना राजपाट।

रक्त की शुद्धता का
गढ़ा किसने यह अवैज्ञानकि सिद्धान्त
नहीं क्यों उठा यह प्रश्न कभी
कि कैसे कोई जी सकता है अशुद्ध रक्त लेकर?

क्या है यह षड्यन्त्र परजीवी प्रभुवर्ग का
या है बिना संघर्ष समर्पण उसका
जो करता है सर्वस्व निछावर हित में समाज के
जिसकी सेवानिष्ठा, कर्तव्यपरायणता से
चलती है यह दुनिया
बढ़ता है आगे समाज यह।

वही वर्ग क्यों छोटा?
जो अपना स्वेद बहाता है
और श्रेष्ठ वह परजीवी शोषक समूह
जो बिना किये कुछ भी
अपनी मक्कारी छल-छद्‌म के दम पर पलता-बढ़ता है।

कैसा अधम, नीच वह नर जो
गीत भूतकाल के गाता
पुरखों का नाम बेच अपना मूल्य बढ़ाता।

सच तो यह है कि
है विक्रमी पुरुष वही, है वही श्रेष्ठ
जो थकता नहीं कुल गोत्र का, पूर्वजों का नाम रटते

वीर पुरुष अपना तेज जगाता है
कर श्रेष्ठ कार्य सम्मान समाज से पाता है।

मैं कर्ण, कुल गोत्र जाति से हीन-दीन
लेकिन हिम्मत से काम लिया
धीरज धर रहा प्रयासरत
प्रगति की राह बनाने को
कभी नहीं रोना रोया
अपनी जन्मजाति की विपन्नता साधनहीनता का
घोर परिश्रम से अपनी विपत्ति के पत्थर काट
सोपान गढ़ा ऊपर जाने का
सारे समाज पर छाने का

बाधा विघ्नों को गले लगाया
सहा हँसते-हँसते
चिलचिलाती धूप
कड़कड़ाती ठंड
पत्थरों की बौछार प्रतिकूल मौसमों में।

झेले प्रलयंकर झंझावात
अपवादों के
सहे विषाक्त नुकीले व्यंग्य-बाण
कुल जाति गोत्र के ठेकेदारों के
पर आह नहीं निकली होंठों से कभी,
मुस्कान ओढ़े, मनोबल बढ़ाये रहा चलता नित्य
दया, दान, न्याय, धर्म की राह पर

दम लिया अभीष्ट को पाकर ही
पाँवों तले दबाकर ही शिखरों को
तब जाकर समाज चकित भरमाया सा
आ खड़ा हुआ मेरी जयकारों से
करता गुंजित आसमान!!

देखे मैंने उन आँखों में

पांडवों के जन्मदाता देवताओं की अपुष्ट कथाएँ या अफवाहें सुन
कल्पना मेरी दौड़ती उड़कर आकाश में पहुँचती
सूर्यदेव की चरण वन्दना करती बार–बार
होने लगा मुझे कुछ–कुछ आभास–सा।

महारानी कुन्ती भी निश्चय ही पहचान गयी।
अपने खोये रतन–धन को
मेरे कुंडलों को कवच को

जब भी मिली दृष्टि पछतावे के झिलमिलाते आँसू
देखे मैंने उन आँखों में
जाने कैसा वात्सल्य भरा था नजरों में उस रानी की
कर देता था पुलकित रोम–रोम
जैसे राधा माँ की गोद
पर स्वाद अलग–सा कुछ।

सर्वज्ञाता कृष्ण भी शायद
पहुँच गये थे रहस्य की तह तक
उनकी चपल दृष्टि जब भी पड़ती थी मुझ पर
देती विचित्र आभास
जैसे बिन बोले ही बोल रही हों, जानता हूँ मैं तुम्हें, चिर सखा तुम मेरे
होंठों पर उनके आयी हल्की स्मित
देती उनकी किसी कुटिल योजना का आभास

करती पैदा आशंका अनागत के प्रति

बहुत बाद में पिता सूर्य के मुख से
मैंने जब जानी अपनी जन्मकथा

तो अनमना सोचा करता
वह क्या जो रोक रहा था माँ कुन्ती को मुझ तक आने से
भर अपने अंक में गोद अपनी सजाने से, मुझे अपनाने से?

जाने क्या कुटिल योजना थी पनप रही
अर्जुन–सखा कृष्ण के मन में
कर किसका लिहाज साधा था उन्होंने भी मौन

अक्सर शयन कक्ष के एकान्त में
आते रहते थे ऐसे विचार मन में
करते व्यथित
अन्दर कहीं चिन्तित भी
परन्तु कक्ष में ही छोड़ इन्हें
निकलता था जब प्रातः सूर्य नमन को तो
प्रफुल्लित उत्साहित मन में मेरे रहता था विचार
केवल अपने लक्ष्यों का
ऊपर से ऊपर उठते जाने के संकल्पों का

थे त्रस्त विरोधी मेरी क्षमता से
मेरा युद्ध कौशल डराता था उन्हें
मेरी शस्त्र निपुणता के समक्ष
था आभाहीन क्षत्रिय समाज

ललचाने लगे सभी मुझे मित्र बनाने को
कुल–गोत्र, ऊँच–नीच के गीत भुला
हुए विवश मेरा यशोगान गाने को
समानता ही थी आधार मेरी और सुयोधन की मित्रता का
नहीं था मुझ पर कोई बन्धन
स्वतन्त्र रूप से करता था मैं अपने राज्य का संचालन
समानता पर आधारित अपनी कल्पना का समाज बनाने को

एक समावेशी विकास वाले
कल्याणकारी राज्य के निर्माण हेतु
धीरे-धीरे ही सही
मैं बढ़ाता जा रहा था पग अपने ध्येय की ओर

बना मैं श्रेष्ठ
कवच-कुंडल सुशोभित तेजोदीप्त
स्थूल-कन्ध, दीर्घ बाहु, सौन्दर्य युक्त, अंग-सौष्ठव
सद्य उदित सूर्य-सा उज्ज्वल, प्रदीप्त ललाट बुद्धि वैभव-से चमकते नेत्र
काम्य आर्यावर्त की श्रेष्ठतम नारियों के लिये भी

पांचाल नरेश पुत्री याज्ञसेनी की सुनी प्रसंशा एक दिन
उपस्थित हुआ भरे दरबार में एक ब्राह्मण उसका चित्र लिये
उस मनमोहक चित्र के बदले
पुरस्कार भरपूर पाने पर भी टला नहीं वह
जब तक उसे उसका मनचाहा नहीं मिला
अर्थात मेरा भी वैसा ही
यत्न से बनाया मनमोहक चित्र
पता चला पर बाद में कि यह विचित्र संजोग
नियोजित था पांचाल नरेश के इंगित पर।

रोचक थी इस नाटक की पृष्ठभूमि
द्रुपद बेचैन थे
बदला लेने हेतु अपने अपमान का द्रोण से
जो था असम्भव बिना सहयोग
पार्थ अथवा कर्ण के

पांडवों से तो उन्हें थी नहीं आशा कोई
अब बचा मैं
देते समय शिक्षा जिसे
द्रोण का दुर्भावनापूर्ण व्यवहार था ज्ञात सबको

और वही आधार था मेरे प्रति इस सदाशयता का
यदि जामाता बना मैं उनका
तो थी सरल प्राप्ति प्रतिशोध के लक्ष्य की

मेरे मन में भी जाग उठा था
अनुराग प्रबल पांचाली के प्रति
आर्यावर्त के श्रेष्ठतम पुरुष का मिलन
सर्वगुण सम्पन्न श्रेष्ठतम नारी से
यूँ भी स्वाभाविक था
परन्तु काम्य था मेरे लिये भी विशेष
क्योंकि विवाह यह देता चरमसिद्धि
कुल-गोत्र, जाति आदि के विरुद्ध
छेड़े गये मेरे अभियान को

हुआ प्रतीक्षा का अन्त
किया गया घोषित स्वयंवर द्रौपदी का
परन्तु थी शर्त अति कठिन शर सन्धान की
निर्धारित हुआ शायद ध्यान में रख
मेरी धुनर्विद्या की कुशलता को

था वह लक्ष्य सन्धान
सम्भव मात्र दो के लिये ही
या तो पार्थ या फिर कर्ण

पांडवों का कुछ अता-पता न था
अवसर होता था प्रतीत अनुकूल
कौरव भ्राताओं के साथ
भाग लेने स्वयंवर में हुआ मैं प्रस्तुत
पांचाली के प्रति अनुराग विजय के लिये आश्वस्त
और आत्म विश्वास से भरे हृदय के साथ

परन्तु इस बीच होनी खेल चुकी थी अपना खेल
पहुँच चुका था मुझसे भी पहले पांचाल दुर्भाग्य मेरा

फूँक चुके थे कृष्ण कानों में धृष्टद्युम्न के अपना मन्त्र
मेरे लक्ष्य भेद हेतु उपस्थित होते ही
आँखों–ही–आँखों में हुए कुटिल इशारे
कृष्ण–कृष्णा और धृष्टद्युम्न के बीच
खड़े हो उच्च स्वर में की घोषणा
राजकुमार धृष्टद्युम्न ने–
स्वयंवर की यह प्रतियोगिता
है केवल
उच्च कुल–सम्भूत वीरों के लिये ही।

मेरे पैर थे जहाँ
जम गये वहीं
किसी प्रस्तर मूर्ति के समान
अपमान की ज्वाला से तप्त हो उठा शरीर
यूँ तो कोई नया नहीं था ऐसा अपमान
था मैं अभ्यस्त इसका अपने बालपन से,
परन्तु परोक्ष रूप से देकर बढ़ावा
स्वयं ही इस परिवार ने था मुझे उकसाया
चित्र दिखा ललचाया था
पहली बार इस शुष्क हृदय में जली थी स्नेह ज्योति प्रेम की
और उसका ऐसा दारुण अन्त!

दुर्भाग्य ने तो मुझे छला था बारम्बार
जन्म लेते ही हो गया था सवार मुझ पर
और बना रहा साथ मेरे जीवन पर्यन्त।

कभी परशुराम का तो कभी इंद्र का रूप धर
परन्तु जिसके प्यार में मैं हो गया था दीवाना
और यह प्यार था भी नहीं इकतरफा
फिर भी द्रौपदी का ऐसा आचरण इतना गहरा घाव दे गया
जो पूरी तरह भरा नहीं जीवन–भर
टीस उठती, था जब आता कोई प्रसंग पांचाली का।

पछतावा-ही-पछतावा
क्षणिक आवेश में हो जाये कुछ अविचारित
जघन्य अपराध कोई
तो होता है असम्भव
धनुष से निकले तीर-सा उसे वापस लाना।

कोई प्रायश्चित, कोई पछतावा मिटा नहीं पाता वह ग्लानि
वह अपराधबोध जो शूल-सा छेदता है मन
देता ही रहता असह्य यन्त्रणा
आती है जब भी उसकी याद
समय-कुसमय, ठौर-कुठौर

द्रौपदी स्वयंवर के प्रसंग-सा ही
मुक्त नहीं हो पाया मैं कभी भी
द्रौपदी के चीर-हरण प्रसंग से
एक दुःस्वप्न-सा रहता वह
सालता मेरे हृदय को सदा-सर्वदा

यूँ तो कोई भी प्रायश्चित
नहीं था समर्थ मेरे पाप को मेटने में
फिर भी पांडवों के वनवासकाल में
अपनी द्रौपदी के भूमिशयन की कल्पना मात्र
करती थी इतना बेचैन
कि सो नहीं पाया मैं कभी अपनी शैय्या पर
नींद आती थी केवल तभी
जब बाँहों का सिरहाना बना लेटता था फर्श पर
याद करके उसे

कितना विचित्र था
अपनी अनुपस्थिति में
मैं जैसे रहा विद्यमान इन्द्रप्रस्थ में
कुंती के मन में ऊहापोह बन
द्रौपदी के मन में प्रेम-घृणा का द्वन्द्व बन

पांडवों के मन में भय बन
और कृष्ण के मन में बन प्रश्नचिह्न

वैसे ही याज्ञसेनी भी सदा रही
उपस्थित सदा हस्तिनापुर में अपनी अनुपस्थिति में
सुयोधन के मन में एक काँटा बन
मेरे मन में एक मीठी कसक, एक आह बन
भीष्म आदि गुरुजनों के मन में पछतावा बन

तेजी से घूम रहा था कालचक्र
और उससे भी तेज़ी से घटती घटनाएँ
लौट आये थे पांडव वापस
पूरी कर जुए की सारी शर्तें
माँग रहे वापस अपना इन्द्रप्रस्थ।

बँट रहा था सारा जम्बू द्वीप पक्ष-विपक्ष में
दावाग्नि की तरह फैल रही थी नफरत की आग
याद आ रही थी नरेशों को पुश्तैनी दुश्मनियाँ
किये गये मान-अपमान भूली हुई प्रतिज्ञाएँ
सब कुछ लील जाने को आतुर करालकाल
अपना मुँह खोल खींचे जा रहा था सबको अपनी ओर
स्वाहा...स्वाहा

अन्तिम परीक्षा की
निर्णायक घड़ी आने को थी
कुछ तो पिता सूर्य का इंगित
और कुछ अपने मन का पूर्वाभास।

मैं जानता था
युद्ध रोकने के अन्तिम प्रयास में
आयेंगे एक दिन कृष्ण
विचलित करने मेरे जन्म की कथा सुना
मुझे निमन्त्रित करने

सबसे बड़ा पांडव भ्राता बनने को
राजपाट और द्रौपदी का लोभ दिखा।

परन्तु मैं निश्चिन्त था
सुयोधन को छोड़ने का कोई प्रश्न ही नहीं था,
सत्ता पद-प्रतिष्ठा का भला क्या लोभ होगा मुझे?
श्रेष्ठ-कुल-गोत्र क्या लुभा पायेंगे मुझे
द्रौपदी तो सदा रही मेरी कल्पना में,
प्यार में, नफरत में, क्रोध में, पछतावे में
उसे किसी और रूप में पाने की भला क्या होगी अभिलाषा?

जानेगा कौन बेहतर
कितना खोखला कितना अमानुषिक
जाति कुल गोत्र की श्रेष्ठता का सिद्धान्त

रहा प्रयासरत अपना जीवन एक
अनुकरणीय उदाहरण बना
प्रेरित करने
सारे दुखी, दमित, जनों को
हीन भावना उनकी कर दूर

भरने को उनमें स्वाभिमान
अलख जगाता रहा भर जीवन
सड़े गले रीति-रिवाजों के विरुद्ध
ढोंगी, पाखंडी गुरुओं के विरुद्ध
अन्यायी परम्पराओं के विरुद्ध
पक्षपाती अमानवीय सोच के विरुद्ध।

राजपाट के बदले कैसे मैं
खड़ा हो सकूँगा इनके विरुद्ध
कौन दे सकता है अपने सारे जीवन की कमाई
कौड़ियों के बदले
असम्भव अपना सारा जीवन नष्ट करने जैसा

जैसे ही मानूँगा, करूँगा स्वीकार
निमन्त्रण केशव का
सारे कुल-गोत्र अभिमानी
सारे पाखंडी ढोंगी
समाज के सारे कलंक
पंडे और पुरोहित मिल
एक स्वर में चिल्लायेंगे—

कुल गोत्रहीन यह कर्ण
सदा रहा नीच-का-नीच
राजपाट मिलते ही बदल गया

पार्थ से युद्ध के
भय से भयभीत
अवसर मिलते ही भाग चला
निज प्राणों का यह लोभी
कितना पापी निकला!

मैं ऐसा कैसे होने दूँगा
जिस पंक कीच से खींच
ला रहा दमित-दलित समाज को बाहर
कैसे उसे पुन: उसमें धँसने दूँगा?

फिर भी आयी यदि माँ कुन्ती
आँचल में स्नेह, आँखों में वात्सल्य के आँसू भरे तब क्या होगा?
नहीं लौटाया जिस कर्ण ने
कभी किसी याचक को निराश
कैसे लौटने देगा अपनी माँ को खाली हाथ

परन्तु कर्ण करेगा क्या
क्या है उसके पास
जिससे वह माँ के खाली हाथ भरेगा

हाँ, दे सकता हूँ मैं
आशंकित, भयभीत पृथा को
ऐसा एक वचन जो
शायद कर सके उसे आश्वस्त

एक प्रतिज्ञा जो मैं निभाऊँगा
उस प्राणान्तक, निर्णायक युद्ध के दौरान
पार्थ को छोड़ नहीं लूँगा मैं प्राण
किसी और पांडव भ्राता के।

यदि नहीं भरा माँ का मन
तो दूँगा उसे वचन यह भी
कि यदि नहीं चली केशव की इस रण में
और हुआ हत पार्थ मेरे हाथों
तो नहीं मनाऊँगा मैं कोई विजयोत्सव
कौरवों के संग
वरन् छोड़ उन्हें चल दूँगा त्याग सब राजपाट
माँ कुन्ती के आँचल की छाँव खोजता
पराजित भ्राताओं को देता दान अभय का।

हाँ, तब जाऊँगा उनके पास
जब उनकी रात अँधेरी होगी
जितना सम्भव हो फैलाऊँगा
जीवन में उनके उजियाला।

हाँ-हाँ, यही आचरण होगा
कर्ण के जीवन-दर्शन के अनुरूप
शायद समझा सकूँगा मैं इस पगले समाज को

मेरा यह त्याग
कुछ सही मार्ग दिखला पायेगा इस अन्धे समाज को
कर पाये शायद प्रेरित श्रीमन्तों को
देखने लगें वे समता सम्मान की नजरों से

उन भाग्यहीन, दीनों, दुखीजनों को
जो साथ-साथ उनके उसी समाज में जीते हैं
पर प्रकाश के क़तरे-क़तरे को
थोड़ा संसाधन
थोड़ा सम्मान
प्राप्त करने को
सारा जीवन तरसते और तड़पते हैं

प्रत्येक स्त्री का इन्द्रप्रस्थ

प्रीति, प्रेम, प्रणय, रुचि, स्नेह, प्रियतम का
आदर्श का, अटूट चाहत का अपमान

मजबूरी ने मुझसे क्या-क्या न कराया

विवाह ने
जिसके प्रति मेरा स्नेह था
उसी को बनाया माध्यम
मुझ पर होने वाले जुल्म, अत्याचार का।

मुख्य कारण
मेरे कष्ट और पीड़ा का

मैं करती तो क्या करती
कैसे माँ कुन्ती की आज्ञा ठुकराती

उनके सभी पुत्रों में से
एक ने भी नहीं कहा कि यह गलत है
मुझे दुख पहुँचाने में उन्हें सुख कैसे मिला
क्लेश, कसक, सन्ताप, दुख, दर्द, पीड़ा
एक औरत के जीवन के लिये
क्या काफ़ी नहीं सज़ा
मुझे तो दाँव पर लगाया मेरे पतियों ने

एक वस्तु की तरह
ऐसा शर्मसार कर देने वाला कारनामा
वह भी अपने पति द्वारा
मैं खड़ी पत्थर हो गयी

परन्तु रोक न पायी,
माँ कुन्ती ने भी नहीं रोका उन्हें
हाथ पकड़ घसीटते हुए लायी गयी मैं जब
भरी सभा में जहाँ बैठे थे पिता तुल्य श्वसुर
सब देखते रहे, मेरी दुर्दशा
मैं चीख़ी-चिल्लायी
परन्तु सब हो गये थे बहरे
धरती के श्रेष्ठ वीर कायर बने
देखते रहे अपनी पत्नी को भरी सभा में निर्वस्त्र होते
मेरी साड़ी खींच रहा था दुष्ट दुःशासन!

सबसे हो निराश
शरणागत हुई मैं अपने सखा कृष्ण की
वो जहाँ भी थे जान गये मेरा संकट
और उबार लिया मुझे

वह दुष्ट दुःशासन खींचता जाता
और बढ़ती जाती मेरी साड़ी
सभा में उपस्थित सब समझ गये
लीला मेरे सखा कृष्ण की।

मेरी लज्जा तो बच गयी
परन्तु मैं फिर नहीं रही कल्याणी कृष्ण।

बस एक लपट थी आग की
जलती हुई लौ थी प्रतिहिंसा की
अपनी क्रोधाग्नि में सबको स्वाहा करने की प्रबल आकांक्षा लिये

मैंने अपने पाँचों पतियों को देखा
महान योद्धा माने जाने वाले मेरे पति
किसी कायर, नपुंसक की तरह सर झुकाये बैठे थे।
तब मुझे यकीन हुआ कि यह पुरुष प्रधान समाज था
जो पार्वती, लक्ष्मी, काली के रूप में

स्त्री-शक्ति की पूजा तो कर सकता था
परन्तु एक स्त्री की दुर्दशा के विरुद्ध साध लेता था मौन
अग्नि को साक्षी रख
मेरे कुशल-क्षेम की रक्षा करने का वचन देने वाले भी
साध गये मौन

धिक्कार है ऐसे स्त्री-विरोधी समाज को
धिक्कार है ऐसे पुरुषों को
धिक्कार है दोगलेपन से भरे ऐसे शास्त्रों को
धिक्कार है ऐसे न्याय को
जो हैं एकतरफ़ा

धिक्कार है उस धर्म को
जिसकी बलि वेदी पर कर दी गयी थी मैं कुरबान
और वह भी दुहाई देकर उस धर्म की रक्षा की
बिखरता है जो तार-तार
छिड़ता है महायुद्ध कोई भी
टकराते हैं सम्राटों के स्वार्थ जब

कहा था सभी ने एक स्वर में
मेरा जन्म ही यज्ञ की अग्नि से हुआ था
धर्म की रक्षा के लिये
जाने कौन-सा धर्म?
जब बाँधा गया मुझे देते हुए दुहाई
जाने किन-किन बातों की
जाने किन-किन कुतर्कों की
पाँच-पाँच पुरुषों के साथ विवाह बन्धन में
जो था न देखा, न सुना

पाँच-पाँच पतियों के प्रति पूर्ण पतिव्रता भाव से
पत्नी धर्म निभाने का वह असम्भव लक्ष्य
क्या नहीं था जान-बूझकर किया गया अपमान, समस्त स्त्री गरिमा का
औरत को पाँवदान समझ

इस्तेमाल करते रहने की परम्परा का अनुमोदन
समाज के श्रेष्ठ, मान्य, अग्रगण्य और पूजनीय
यमराज, वायु, इन्द्र और अश्विनी कुमारों जैसे देवताओं के
अंशावतार बन अवतरित हुए
इस धरती पर सबकी रक्षा हेतु
वही शामिल हुए मेरे विनाश में
नारी जाति के विरुद्ध इस षड्यन्त्र में
किससे कहती सखा कृष्ण भी तो हो गये थे शामिल
उन्हीं के साथ
जाग उठा था उनका पितृसत्तात्मक पुरुष
लगे देने कुतर्क पांडवों की एकता के टूटने का
जैसे याज्ञसेनी ही थी
उन्हें माला की तरह पिरोये रखने वाला सूत्र
स्त्री होकर भी माँ कुन्ती ने नहीं समझी मेरी लज्जा मेरी व्यथा।
समझाती कैसे उन्हें
था कितना अन्तर उनके
पाँच और मेरे पाँच में

मन-ही-मन जानते थे सभी
इस अन्याय के विरुद्ध
मेरे हृदय में उठे प्रतिरोध को
परन्तु बने रहे सभी अनजान
यह था कुरुक्षेत्र के महाभारत से पहले ही
रचा गया स्त्री की गरिमा, लज्जा, सम्मान और समानता
को नष्ट करने का महायज्ञ

अनन्त काल से अनन्त काल तक
रहेगी स्त्री की यही व्यथा
पूछती है स्त्री पुरुषों से,
क्या यही महाभारत है?
मेरी लज्जा, मेरे सम्मान के विरुद्ध
रचा गया युद्ध महाभारत है?

जन्म जन्मान्तर तक स्त्री की ही परीक्षा
उसके सगे सम्बन्धों से नहीं कोई अपेक्षा
सुनिये, संयम से मेरी कथा
पढ़िये महाकाव्य महाभारत

सदा-सदा से शापित स्त्रियों की कथा
माँ कुन्ती की कथा, माँ गान्धारी की व्यथा
कितनी अकेली हूँ मैं !
अकेली ही होती है सदा
अबला से सबला बनती स्त्री।

लो कौरवों, हो गयी पूरी तुम्हारी इच्छा
निकल गया आगे हस्तिनापुर इन्द्रप्रस्थ से
अन्याय अत्याचार में

या शायद है यह इन्द्रप्रस्थ ही
जो कभी फैला रहता मेरे बाहर
कभी सिमट आता मेरे भीतर
चलता ही रहता सदा मेरे साथ
हर स्त्री के साथ,
जायेगा यह अवश्य मुझसे भी आगे
नष्ट नहीं होता इन्द्रप्रस्थ,
न व्यक्तियों के साथ न समय के साथ।

प्रार्थनालयों और प्रासादों के
स्वर्णिम शिखरों के पीछे
जहाँ भी होती है बस्ती हीनजनों की
अथवा रानियों, महारानियों के क्लेशों की
गृहिणियों और पत्नियों के आँसुओं की
दीन-दुखियों की आहों-कराहों
की त्रिवेणी पर
अवतरित होता है इन्द्रप्रस्थ
अभिशप्त नित नष्ट होने के लिये

पाये वरदान बार-बार जीवित होते रहने का।

मैं न कर सकी स्वर्गारोहण सदेह
रुक गयी यहीं इसी धरती पर

हिमालय की स्वर्ण-रेणु पर
फिसला मेरा पाँव सबसे पहले
और मैं गलती गयी
मिलती गयी उसी रेणु में
और फिर रेणु की ही तरह
फैलती गयी समूची सृष्टि में
फैलती गयी मेरे साथ मेरी यातना, लांछना
मेरा द्वन्द्व, मेरा संघर्ष
अन्याय के विरुद्ध मेरा प्रतिरोध
विश्व की प्रत्येक स्त्री में

चलता रहा मेरा इन्द्रप्रस्थ भी साथ-साथ
होता रहा नष्ट बार-बार
होता रहा पैदा बार-बार
प्रत्येक स्त्री के साथ उसका इन्द्रप्रस्थ।

मेरे लिए काव्य–कृति 'इन्द्रप्रस्थ' एक सुखद आश्चर्य की तरह है। कर्ण प्रसंग और अन्तिम सर्ग मुझे विशेष प्रिय है। इस प्रबन्ध रचना में कई चीजें ऐसी हैं जो पाठकों का ध्यान आकृष्ट करेंगी। कर्ण प्रसंग और काव्य का अंतिम हिस्सा मुझे विशेष रूप से अच्छा लगा। **— डॉ. केदारनाथ सिंह**

❖ ❖ ❖

'इन्द्रप्रस्थ' के काव्य चित्र खजुराहो की मिथुन मूर्तियों जैसे मोहक मार्मिक, मांसल, मनोरंजक और सटीक हैं। उपेन्द्र कुमार ने आधुनिकतम दृष्टि से महाभारत को देखा है और नारी की स्थिति को बड़ी शिद्दत से महसूस किया है। **—डॉ. विश्वनाथ त्रिपाठी**

❖ ❖ ❖

'इन्द्रप्रस्थ' की प्रस्तुति और विषयवस्तु दोनों ही सुन्दर है। एक महत्वपूर्ण साहित्यिक कृति की भाँति यह अपने समय और समाज की आँखों से परम्परा का अन्वेषण, आविष्कार और मूल्यांकन करती है। **—डॉ. मैनेजर पांडेय**

❖ ❖ ❖

अपने प्रबन्धकाव्य 'इन्द्रप्रस्थ' में उपेन्द्र कुमार ने महाभारत की स्त्रियों के माध्यम से अनेक आद्य प्रश्नों और स्त्री विमर्श के अनेक प्रसंगों को न्याय, समता और स्वतन्त्रता के परिपेक्ष्य में प्रस्तुत करने में अद्‌भुत सफलता प्राप्त की है। कथा की रोचकता और भाषा की ओजस्विता स्पृहणीय है।

—डॉ. गंगा प्रसाद विमल

❖ ❖ ❖

उपेन्द्र कुमार का काव्य–ग्रन्थ 'इन्द्रप्रस्थ' पता नहीं किन स्वप्निल मुहूर्तों में रचा गया है। इस महाकाव्य में न तो कोई सीधी कथा है, न ही कामायनी वाली जटिल महाकाव्यात्मक संकेतपरक नई परम्परा। फिर भी 21वीं सदी के जीवन की छाया इसके छंदों के पग–पग में लिपटी मिल जाती है।

—डॉ. शंकरलाल पुरोहित

❖ ❖ ❖

मुझे इस महाकाव्य पर दो शब्द लिखते हुए बेइंतहा गर्व हो रहा है। हर युग में 'क्लासिकी' को 'दिल में छुपे सत्य' जैसा, उस जमाने की नजर से 'रिक्रयेट' करना होता है। यही काम इस कद्दावर शायर ने हमें अता करके साहित्य में अपनी महत्वपूर्ण उपस्थिति का एक बार फिर एहसास दिलाया है।

—राजकुमारी इंदिरा देवी

❖ ❖ ❖